愛
的光芒

簡墨—著

目　錄

序 我們的聲音

——致所有曾經一起歌哭的朋友們

從來不是一個太過喜歡歡鬧的人，這些年來，寫作與閱讀都是一個人，孤獨的。

因此，與這些讀者朋友的E來E去，也便成了休閒的一種。有的在生活裡也成了朋友。

很多時候，對這些朋友多是悲憫情懷，同時也帶動我自省，去思索愛情是種什麼東西？生命的意義在何方？事業的亂麻如何梳理才可以理出經緯？人生又如何度過才更有趣？……這些身份有別、經歷不同、煩憂迥異的朋友，帶著我們共同的悲或笑，怒與喜一路走來，無一不令我深深沉迷。

我希望朋友們的述和我的論都紋理自然，似自淨花瓷瓶望去，倚側有態。因此也這麼做了——文字是安撫心腑的工具，方寸之間自有悲喜哀樂，也留住了那些急景流年。裡面的剖白多是針對性的，有的辛，有的辣，有的酸澀，有的微甜。這裡稍微匯總一下：

先說關於愛情的困惑種種吧。那些猶豫、自私、軟弱、矛盾等等，歸根結柢無非是：我們愛誰？明天在哪？是否甜蜜？怎樣挽留？而我的回答之一是：信仰愛情，哪怕愛情岌岌可危，哪怕年華真如逝水。其實，那樣的「眼中有花樹，心中滿枯骨」夠傻：很多時候，有趕著幾千里風塵、蒙幸一見的偶爾，也就罷了，比起廝守更有一番幸運，沒有必要一徑地死心眼兒，把自己站成雪人的模樣。

再說人生的迷茫。人的一生是個愉悅同時又必然要常常陷入苦悶的雙向路徑，使得拔苦為樂成為一種技能。技能是可以學習、更準確地說是可以修煉的。「花枝春滿，天心月圓。」筆至此，忽然想起了弘一法師的這句話。輕輕唸著，在舌尖。真好，似乎母性腹部才有的溫軟。沒有虛妄，如此安靜，清澈。我還有緣嗎？那是個什麼境界？他一定是有的，他一定證到過。我越來越信了：人需寧靜，方可成就。

關於對事業的追求，當下不妨說對物質的追求，就這一點，我還是認

為，現代物質溫暖和照耀著我們，同時葬送我們。只有有所保留的追尋，才能達成愉悅，幫襯我們從迷離惝恍到悲壯向前。昨日深淵，今朝淺灘，這話放事業的苦悶裡一樣成立。

關於理想……哦，我多麼欽敬那些還存有理想的朋友。讀著他們的來信，我坐得端正。誰說的？「我們都活在苦難之中，但總有人仰望星空。」理想的絕頂美好之處在於，它使我們的人生富有了韻律。理想是人生的背景音樂，而我說過，音樂是我的糧食，糧食倒在其次。音樂是大家的糧食，正如理想是活著的高端狀態，是我們從肉身出發到靈魂慰藉的一次跋涉。

當我第一次從遠處看到這些朋友明明暗暗的人生片段的時候，所有有聲的事物在一瞬間都銷聲匿跡，那麼紛繁的人聲，那麼肆意的風聲，那麼雜亂的小鳥的叫聲，甚至頻繁來去的機動車上發動機的轟鳴，都若一顆毫不起眼的小石子，投進萬丈深淵般，在極短的時間內消失得無影無蹤。旅途的疲憊，糾纏的煩惱，甚至心下的一些小小的竊喜和憂傷，都一層層向後退著，好像全世界都在後退，只有我自己和面前的朋友們，坐在歲月的門楣之上，看紅塵滾滾之下的吶喊，風起雲湧之後的哭泣，被迫思索人間滄桑。

只是我們都在忽略一件事，其實一樣的掙扎，所有的來路，都是指向同樣的熱愛和沮喪：或者是水，或者是火，同一種生命，不同的獄，而我們的救贖只能來自我們自己。唉，就是，「救贖」──或許是年紀的緣故，從前一直要迴避的詞，最後竟看出好來。

那麼，就請裝上帶走，一個聲音，帶著它，一個陪伴你去看五月榴花和冬天大海的聲音，朋友私語一樣需要附耳過來的聲音，我的聲音，我們的聲音。

簡墨

「遇人不淑」還是「交友不慎」

（大凡你一眼看中的那一個，或者僅供櫥窗陳列──非賣品，或者前一晚已被預訂──售出品。難道這個事實不更有理由迫使大家睜大眼睛、寬懷遴選，那恰巧是自己尺碼、款式又正中下懷、銀子又足夠買下──最重要的是：不需要削足適履去逢迎的一單？）

簡墨：

你好！

我今年32歲了，條件嘛，應該說算是很好：我很漂亮，又有氣質，身材一流，學歷碩士，職業也很好。可幾年下來，找了幾個男友，他們雖然職業、性格、相貌、年齡都不同，開始都很喜歡我，可都以背叛我而告終。我失望透頂，簡直都開始懷疑人生了：是我的運氣不好？還是男人們都一個德行？應該說，我盡了我自己的全力：真誠、溫柔、體貼、善解人意……常常給他們買名貴的衣服、皮帶、領帶……還在他們加班時送夜宵吃。我並不任性，我也愛他們，可為什麼我就是遇不到好的呢？好男人都到哪裡去了？！請您告訴我，是我在愛情問題上太不順了吧？

期待你回信的人

期待回信的人：

你好！

如果你僅僅需要一個安慰的話，那麼好說：一是你的真命天子還沒得到老天的旨意應時出現；二是你嘛顯然是一個好姑娘，是你的總歸是你的哈哈哈！你覺得很受聽吧？可是寶貝，有那麼簡單嗎？

你讓我想起鐵凝一個中篇裡的人物：白大省。她也是個好姑娘。可若是個糊塗的、不知道自己愛和需要的是哪類男人的好姑娘有什麼用？你談幾個朋友，「職業、性格、年齡都不同」，居然都能愛上！這本身就是癥結所在。固然你的可塑性極強，但總有甄別吧？哪一個主流是自己喜歡的？在想好之前，最好不要戀愛。

我非常理解你：父母的催促、同事的猜測、輿論的壓力等等，都可以造

成由於急躁而把握不準選人的尺度。但年齡大了不是問題，長得可不可以也不是問題。並且越是年齡仄迫、越是長得可以才不要饑不擇食呢──多少年黑燈瞎火都摸索過來了，還在乎黎明前的黑暗這最後的一年半載？如果湊合了事豈不太對不起自個兒？而且，越是如此，越得有自己的主見，越不能只憑感覺好不好來決定一件事情，尤其是愛情──實話講，單身到您這個年紀，往往不是感覺太好，就是太糟。而且，有未婚男友前是女人一生參加的最後一個派對呢──以後將待在家裡做一個人的賢妻良母啦！選擇的機會統統跑光！

好男人還是有的。不過我的認知和你差不多：大凡你一眼看中的那一個，或者僅供櫥窗陳列──非賣品，或者前一晚已被預訂──售出品。難道這個事實不更有理由迫使大家睜大眼睛、寬懷遴選，那恰巧是自己尺碼、款式又正中下懷、銀子又足夠買下──最重要的是：不需要削足適履去逢迎的一單？

到底還是要這樣說：有多少煩憂就有多少甜蜜。耐心些，相信專心勤懇和天生麗質都會有個歸宿。或許你向我傾吐煩憂的此刻，它已安靜蒙塵、偏於一隅地在那裡，等你去試。

求求你 認栽吧

（仰人鼻息尤其是愛人們之間不可做的事。縱然他有成龍的本事，你倒是有沒有阿嬌的心胸？況且妄稱大哥的那個人到底是「家中紅旗不倒」的。……都這樣了，還是認栽吧。既然出了么蛾子，就堅強一點，別再衣食無虞裝太太啦！挺直背，小衣襟短打扮，出去自個兒打食為妙──甚或，順便換個男人？）

簡墨：

您好！我是個典型的全職媽媽，我唯一的工作，就是照顧好家庭，照顧好孩子。我曾經以為，一個女人，找到一個好老公，建立一個美滿的家庭，就算完成了一生中最重要的任務。於是，在得到了這些之後，我放棄了工作，全心全意投入到這項我原本打算為之奮鬥終身的事業。

丈夫越來越忙了。家裡的經濟情況在越來越好，我有時甚至覺得，我的幸福無可挑剔。

　　直到孩子三歲的時候，一切徹底變了。那時的丈夫已經在公司坐到了經理的位置。他開始整月都不回家一次，每次回來也都是給我下個月的生活費或者是辦理一些他必須回家辦理的事情。他對我越來越不耐煩，爭吵升級為惡言相向。我希望能透過改變自己，來贏回老公的心。於是，我開始留意報紙上的招聘版，希望能找到一份適合我的工作來改變自己。可是，不工作很多年了，以前的專業早已被更新了一遍又一遍了。好不容易找到一份公司的工作。但是，工作了一個月，我就覺得應付不過來了。本想用工作來讓自己獨立，可是，那一千多元的收入根本無法維持我和孩子正常的開銷，畢竟，我們都是過慣了花錢如流水的日子。

　　此時，家庭的意義也只剩下孩子了。我的婚姻原來是避風港，現在卻是避難所，我在這個家裡就像寄人籬下一般......

安順子

安順子：

您好！

　　一直以為，一名儀態萬方的女子，她的背一定是筆直的──非但背，簡直連脖頸都得挺且長。喏，天鵝一般地優雅高貴。

　　還一直以為，一名堪稱較好的男子，他發跡或不發跡、發跡前或發跡後的嘴臉應該是基本一致的。內心篤定而堅實的人才是女子們的精神之塔。

　　可是，您的背和他的嘴臉都讓我失望了。

　　顯然，他不是您的精神之塔──他塌了。愛情塌了。別管以前愛深愛淺吧，現在是淺得到了「惡言相向」。一個人的經濟收入一旦為另一個人所詬病，可以說，那人對這人已經說不上什麼愛不愛了。

　　不是沒有那樣的神仙眷侶：男人在外打拚，女人相夫教子，天圓地方，相互眷顧。一眼看去也蠻好的。特別反感那種一說哪個女的尤其是哪個男的被她（他）的那位養了，就顯現出十分奇怪和不屑的神色、巴不得被養的那個她（他）倒倒小楣的陰暗心理。是，這世上「恨人富、笑人貧」的事情太多了，而「羨人被養、妒人富貴」的人也為數不少。事實上，不能用「養」

3

和「被養」來一言以蔽之——主外主內對家的貢獻本是一本爛帳，算不清的。

問題是，你恰恰遇上了自認為是養著你而你百無一用的無知、無德、無情男人。而以豢養為終極目標、夢想「四周圍欄都倒掉，天上紛紛掉飼料。天下屠夫都死掉，世界人民信佛教」的人像什麼？做女人，志氣幾乎是第一位的——面對很多尤其是身邊一位有錢男人的時候。人家願意養我們還得考慮考慮對不對？何況你的愛情已經圖窮匕現。

我不喜歡你說的「畢竟，我們都是過慣了花錢如流水的日子。」咳，仰人鼻息尤其是愛人們之間不可做的事。縱然他有成龍的本事，你倒是有沒有阿嬌的心胸？況且妄稱大哥的那個人到底是「家中紅旗不倒」的。你呢？已經倒了。

都這樣了，還是認栽吧。既然出了么蛾子，就堅強一點，別再衣食無虞裝太太啦！挺直背，小衣襟短打扮，出去自個兒打食為妙——甚或，順便換個男人？

庖丁解牛須懂牛

（砍骨頭還是分解肉，是區分鄰家漢子和一級大廚的測試紙，懂得解牛之道是做事成敗的關鍵。懂得還得趁早啊，等你老了沒有力氣揮舞大砍刀了，怕是一頭羸弱的病牛也會瞬間成為瘋牛，將你牴翻。）

簡墨：

您好！

我丈夫本來是個很安分的人，當初我就是因為看他忠厚老實才嫁的他。幾年來，我們有了孩子，所以我對他更加放心。可最近一年他突然不怎麼愛回家了，常常是凌晨兩三點鐘才回來，我和他吵鬧他更變本加厲，乾脆徹夜不歸了。我也找他的好友問他有沒有外遇，可他們都說「這不可能，李哥人那麼實在，他絕對不會幹出對不起嫂子你的事」，我也就消除了顧慮。可他即使在家，也是皺著眉頭和我沒有話說。有時我覺得是不是他嫌我沒情趣啊？就製造些生日PARTY、送新年禮物什麼的驚喜給他，可也沒見他驚喜，光說：「你閒得呀，弄這一套！」……我非常苦惱！

楊柳依依

楊柳依依：

您好！

其實，從古至今，愛情之所以是個難題，就是因為它常常叫人雲山霧罩找不著北。而且，有時覺得本來有答案了，可轉眼又變了條件；有時你知道一個答案，以為可以得個滿分了，可誰知它有幾個解，還是給你個不及格......

因此，學一學我們那位無名的老祖宗庖丁同志吧──金庸寫到陳家洛悟出「庖丁解牛」無敵拳，難道我們不能從中悟點什麼「庖丁解牛」馭夫術嗎？萬物皆有道，其間有「道」而不得「道」，就變得道亦無道了。同一切技能一樣，情愛上的悟性學分，往往決定了最後大考的成績。頓悟了的，突然間得道了；老是悟不出的，想開之前須解開兩個結：一是人欺，被一些假象，欺瞞了，須得明瞭事情真相，才能茅塞頓開；二是自欺，是指心中存有幻想，不肯、不敢、不知面對自己的失誤。只有解開這兩個結，才能悟成功，悟到真。否則，就會在與問題的較量中連刀都拔不出來，即便拔出也最後只能用來自宮──絕望啊。

我們的問題在於：我們不懂他，也不懂自己，到底少了什麼，要什麼。

且把婚姻、把他或者自己都看成是頭牛吧：它在那裡，內心深不可測，令你不知假如一動刀子，它會不會一腳踢死你；對其身體構造一無所知，勢必無從下刀，或下刀必鈍傷器具。因此要遊刃有餘就得一、愛牛；二、明瞭被宰牲畜的架構；三、小心行事。要順應，萬勿逆行。要巧取，萬勿豪奪。

所以，「一哭二鬧三上吊」都是最愚蠢不過的，最明智的做法是抵達他的內心，看他的問題在哪裡，是工作梗阻，還是心理痼疾？哪裡有著附骨之蛆，剔都剔不到？溫柔是最蝕骨的武器，可以做最細緻的溝通、化解。

喏，還有，審視自己更重要。先哲蘇格拉底認為人生最難的事就是認知自己。「我有什麼做得不好？」「我的欠缺在哪裡？」好的自己不是天生的，需要不斷的刀砍斧正，必須做最直接的逼問、削斫。

砍骨頭還是分解肉，是區分鄰家漢子和一級大廚的測試紙，懂得解牛之道是做事成敗的關鍵。懂得還得趁早啊，等你老了沒有力氣揮舞大砍刀了，

5

怕是一頭羸弱的病牛也會瞬間成為瘋牛，將你牴翻。

而一旦懂得，「刀法」達成大成，我們也就能像那個哲學家廚師一樣，在愛情裡，動作或者像跳《桑林》舞，或者有如奏《經首》樂，意態娉婷、音律動聽，心中存了自在安詳，「宰牛」的「刀」也會用十九年仍完好如初的。

唉，只須懂得，已是慈悲。

來自自己的力量

（楞伽經上說：妄想自纏，如蠶作繭。這種東西是可以害死人的，比生理或心理病尤甚。然而別人的外部敲擊輕了是隔靴搔癢，重了則變成草菅人命。最有尺度和力量的，是把來自自己的力量把握好運用好，則其繭必自破。）

簡墨：

你好！

現在的我，雖然有良好的教養，也有不錯的工作，安定的生活，但我一直被籠罩在一個噩夢般的影子裡。我一直記得在我很小的時候，一個鄰居（他當時是個大學生）常常在家裡沒人的時候，把我叫到他家，去玩一種遊戲：就是他把手伸到我身體最隱私處......而今我交了男朋友，但卻無法進行進一步的交往，每次他試著進一步接近我，我都會有病一樣，躲開──我害怕，我擺脫不了童年時那可怕的記憶。他和我都十分苦惱，甚至他都幾次要求陪我去醫院看看，有沒有生理或者心理方面的病。簡墨姐，我該怎麼辦？！

囡囡

囡囡：

你好嗎？

來，親愛的囡囡，把手交給我好嗎？

我們都有過這樣的體驗：晚上，正是飯口兒的時候，一個男人揮著高爾

夫球杆，對著你說「有問題，找肛泰！」，然後一桿進洞......噁心他嗎？噁心。不吃飯了嗎？要吃。至多我們換個台，不去看不去想它就是了。不然怎樣？難道我們就只能像一個僵死的蟲，任由時光和回憶的尖利牙齒把我們細細肢解，再化為雲煙？不，我們必須用一種奢侈的、比別人富裕許多微笑的心態，去顛覆我們的人生，去打倒我們的人生——那被蛇咬過的人生，那似乎生成死就的人生。這個力量，只有來自自己。

沒有誰沒有過灰色的記憶，沒有人不在這個世界上掙扎——你知道在這個世界上每個人都活得不易——不是這個方面，就是那個方面，走著不可規避的路。記得昨天在網頁上瀏覽到一個FLASH，在歷數乞者、流浪者、拾荒者......密密麻麻一大串之後，蹦出一個彎腰弓背的編程式碼的人！呵呵。那些畫面給我一個感覺，就是：誰的傷口誰自己知道，誰的痛誰得自己忍，誰的苦難誰得自己消化，誰的未來誰得自己創造。人家再溫柔再貼心的撫慰也不過是隔靴搔癢，而真正的力量來自自我：忘記那些陰冷的記憶好了，齊步走，去大膽嘗試快樂的生活——它給予我們的歡樂還是遠遠大於它加於我們的傷害的。

楞伽經上說：妄想自纏，如蠶作繭。這種東西是可以害死人的，比生理或心理病尤甚。然而別人的外部敲擊輕了是隔靴搔癢，重了則變成草菅人命。最有尺度和力量的，是把來自自己的力量把握好運用好，則其繭必自破。

親愛的，乖一些

（我們的愛情需要面子榮光，口袋充盈，眼光高遠，時間滿鋪......可壓力鋪天蓋地，兜頭兜臉，讓我們無處可躲。它要走了我們的柔情，我們的時間。以至於弄得人人像一條條跑到心力衰竭的狗，卻不能稍作停留呼哧呼哧甜暢地喘口氣——因為自有後人跟上來。）

簡墨：

你好！我應該不算個挑剔的人，但我對於男友還是十分挑剔的（如：我不滿意他遲遲不公開兩人關係），吵他，有時簡直就是折磨他，有點野蠻女友的意思。因為他太忙了，實在是叫人不得不著急上火。雖然我知道他也

很想陪我，但他的時間是自己說了不算的——我們大小都還算個公眾人物，自由支配的時間少得可憐。他老是說一朵鮮花缺乏滋養是殘酷的，覺得對不起我，所以選擇了退縮。我靜下來考慮，覺得自己從前做得是不夠好，老是單一地以自己的喜怒來影響、左右他。我一直顧及著面子不怎麼認錯。我是個非常愛面子的人。面對他的退縮，簡墨姐姐，您說我現在該怎麼辦？

百合

百合：

你好！

打開你的信之前，我剛剛在漫不經心地想著那場呼之欲出的戰爭——我不知道是詛咒著還是……咳，盼望著。喏，大眾對於變幻的感情主角的心理也是一樣的——尤其是公眾人物的哦。或者他不公開你們兩人關係也是出於慎重和怕造成無謂的傷害的緣故，沒必要去想歪。我想你的男友一定也是感到了這個年頭老在說的「壓力」，是的，我們的愛情需要面子榮光，口袋充盈，眼光高遠，時間滿鋪……可壓力鋪天蓋地，兜頭兜臉，讓我們無處可躲。它要走了我們的柔情，我們的時間。以至於弄得人人像一條條跑到心力衰竭的狗，卻不能稍作停留呼哧呼哧甜暢地喘口氣——因為自有後人跟上來。

抗拒壓力就像與上帝玩的遊戲，而愛情就是前面的獎賞——或者就是一根骨頭。我們拚命在一天24小時中與壓力賽跑，就是為了享有那點歡愉。想想當個現代人也挺那什麼的。不過，別人（就是你男友呀）忙他的，我們自己可不能瞎折騰呀。為什麼不去享受生活細碎的點滴呢？譬如：聽一支經典的曲子，用筆給愛人留一個充滿柔情的紙條，讀一本裝幀特別做舊的書，聞花香……而且我們也可以找些事情忙，不能見到男人就鬧事、離開男人就鬧心對不對？「野蠻」只能是戀愛的少少的調味料，而婚後的長期野蠻只能造就一個八婆，絕不可愛——況且沒有多少男人願意一輩子作被虐狂的。這或者就是那個男孩退縮的原因之一？行為的端正平和、心地的清明安寧是很舒服的。試試看？

親愛的，別沮喪，聽起來你的男友還是蠻愛你的。或許，他的「退縮」是一種欲擒故縱的小機靈兒，巴望你對他好一點。那麼要面子做什麼？如果你一向張揚跋扈、舌尖齒利些，那麼你低眉順眼、小聲小氣地作一回乖乖

女，甚至更使他對你憐愛有加呢。

有時候（譬如你的這時候），一個男人需要的，不是你巧笑叮噹，不是你舌燦蓮花，而是你——不說話。

現實OR浪漫？

（論起來，男人女人在愛情取捨上的標準到底差不多，那些個選擇也是搖擺不定：享樂和美好，必然和驚喜，紅玫瑰和白玫瑰......不過是愛情現實與浪漫的意象種種，而世人只能任選其一。如果有愛情在，那麼學歷「專科」在你心裡能造成什麼壓力？如果沒有愛情，那麼面貌上一時的優勢又怎生保證相互不離不棄眷顧終了一生？）

簡墨：

您好！

在《中國青年》上看過關於您的一篇報導，十分羨慕您現在擁有的一切，尤其是愛情。我的情況卻很糟糕：我有個男友，他是專科畢業，也沒有上進心，每天就是知道打打電玩，指望父親給利用關係找工作，在哪裡都幹不久，一個男人這樣真煩死了。我們已經戀愛6年。當時讀本科時，朋友們就都不贊同我和他在一起，我自己也有些動搖——但他的英俊讓我不捨得割捨（我是個相貌平平的女孩），我一向看見英俊的男孩子就邁不動步子。現在我已經透過了碩士複試，差距更大了。別說他心理上會怎麼樣，我在甩與不甩間也猶豫不決。簡墨，如果您是我，處在我這個狀況下，您又怎麼辦？

平平

平平：

你好！

我想最重要的是：你應該拎拎清爽：自己到底是愛他，還是不愛？然後用碩士的腦筋分析一下：專科的那個人除了是個美男子還是個什麼（樂於進取的人、有男人味兒的人、有品位的人、烹飪技術高超的人、窩囊廢？）；第三步請自己吃大大的耳光——你早做什麼來著？因為即使不愛

他、他是窩囊廢，六年的時光也不是一朝一夕的事，人總要負點責任。女孩子也是。

唉，其實這樣說你也有點冤枉你：誰在愛情取捨上也不是一蹴而就的。那麼讓我們來這樣解析你的愛情吧：你耿耿不下心頭的，是「他是專科」；你遲遲不肯放開手去的，是「他的英俊」。且將前者看成愛情的現實，後者作愛情的浪漫。咯，能夠平衡好現實與浪漫，才算得愛情裡的真英雄哩！古希臘智者普落狄科講過一個故事：一個男人坐在自己人生僻靜處的樹蔭下看書，看到兩個美麗的女人向自己走過來，一個代表享樂，一個代表美好。而這兩個女人果真把他帶上了兩條截然不同的路。

還有，在米蘭·昆德拉的《生命中不能承受之輕》中，湯瑪斯的生命裡有兩個女人，特麗莎是命運給他安排的必然，是放在草籃裡順著河流漂到他面前，他不得不去挑選起來；而薩賓娜卻是生命給他的驚喜，他們是在旅途的十字路口偶然邂逅，卻在擦肩的那一個瞬間交換了眼神。

說到這裡不得不提張愛玲的玫瑰：也許每個男人都有這樣的兩個女人，至少兩個。娶了紅玫瑰，久而久之，紅的變成了牆上的一抹蚊子血，而白的依然是床前明月光；娶了白玫瑰，白的便成了衣服上的一顆飯粒子，而紅的卻是胸口上的硃砂痣。

論起來，男人女人在愛情取捨上的標準到底差不多，那些個選擇也是搖擺不定：享樂和美好，必然和驚喜，紅玫瑰和白玫瑰......不過是愛情現實與浪漫的意象種種，而世人只能任選其一。如果有愛情在，那麼學歷「專科」在你心裡能造成什麼壓力？如果沒有愛情，那麼面貌上一時的優勢又怎生保證相互眷顧不離不棄終了一生？愛情的選擇是生命裡最重要的選擇，專科可以深造，英俊可以變老，如果僅僅因了「專科」或者「英俊」來定乾坤，就不免要失於偏頗。

別人的想法和勸說只是參考，要緊的是你自己的感覺。考慮一下其他更重要的方面如何？譬如：愛嗎？愛真嗎？愛深嗎？......請三思。

在愛情上，我一向浪漫、超脫、傳統些，鼓勵真愛。但我一點不反對世俗，因為人家有自己選擇的自由和理由──如果可以斷定將來你不後悔，那麼甩就甩了吧，想「高於專科而英俊」的人也不在少數，只是，那些人要「相貌平平」的女孩子做妻子嗎？水至清則無魚，愛情不可以占得太全呢。

愛情的暗傷

（唉，那麼多愛的古堡原本是豐盈殷實的，被許多喜歡、欣賞、珍惜、愛憐、尊重、信任、照顧、撫慰……所浸著，溼答答地風韻著，但常常因了我們的不細心，不在意，不瞭解……我們的愛才一點一點、一步一回頭地撤出，有時竟滿含著淚水……哦，珍貴的、脆弱的、受傷的、可憐的我們的愛！）

簡墨：

你好！我是一個十分安於家庭的女人，我老公在外邊跑。我盡到一個做女人的一切了，可他還是對我不滿：我從來顧不上打扮，沒有時間打扮呀！我勤儉持家，不交朋友，不愛吃喝玩樂，我替他帶孩子，我替他照顧老人，我替他做飯，我替他洗衣服，我替他擦皮鞋，我還替他餵他喜歡的那隻狗！可他有時還很痛心地說：你變了（我們結婚才三年呀，我們曾經那麼相愛），這麼火爆脾氣，什麼都不懂，這麼沒有女人味兒了，你那時候多好……他越是這麼說，我不越火爆脾氣嗎？從年輕到中年，我的一切全都給了他！我委屈死了！可今天這是怎麼了？……我們都很傷心。簡墨，你說，是我變了還是他變了？

受傷的女人

受傷的女人：

真的，我無法準確地回答你到底是誰變了。因為愛情這東西從來都是兩個人共同操練的一套把戲，其中一方路數的改變都會引起另一方的應對。不過我相信你們都是不希望看到愛情受傷、不希望對方神傷的。對嗎？

對你表示同情之前，我想先糾正你的一個說法：「我替他……」。孩子是兩個人的，沒有「替」他的理由嘛，還有洗衣服擦皮鞋之類的，有那麼冤嗎？如果你愛他，在接受他乾淨的愛和身體之外，還應當心平氣和地接受他的髒衣服和髒皮鞋。據說，一個人講話時「我」字運用的多寡也表現出他（她）自愛和愛別人的程度。數數看，你用了多少個？（笑）或許，你這樣連珠般的幽怨傷到了他也未可知。

再者說，你先生「在外邊跑」，那麼你呢？你除了「在家裡泡」還做什

麼？是不是只顧了奉獻啦？告訴你，我也是安於家庭的人，但我不「暴躁」，不「什麼都不懂」，不「沒有女人味兒」......我細緻地護膚，優雅地妝扮，我還時常與同聲相契的女友逛街聊天......我奉獻的只是該奉獻的部分，最精彩的，還得為自己留著──自私吧？然而你不愛自己人家怎麼愛你呢？當然，你放心就是，我覺得你先生還是愛你的，否則，不會有「痛心」那樣的表情，也沒有「你那時多好」這樣的喟歎。

唉，那麼多愛的古堡原本是豐盈殷實的，被許多喜歡、欣賞、珍惜、愛憐、尊重、信任、照顧、撫慰......所浸著，溼答答地風韻著，但常常因了我們的不細心，不在意，不瞭解......我們的愛才一點一點、一步一回頭地撤出，有時竟滿含著淚水......哦，珍貴的、脆弱的、受傷的、可憐的我們的愛！而那痛必是千迴百轉的，可愛終究漸行漸遠，以至終於消逝了蹤跡──這著實可怕。

記得鄭在說過：「有心之過是自來水，關上龍頭就是；無心之過是天上的雨，躲不勝躲。」所以，我們必須時時提醒自己總是醒著──未雨綢繆必是累的，但不會比傾盆大雨兜頭兜面澆上來更使人鼠竄無門。

也有人說：「世上最痛的傷是無心之傷。」如果是有心之傷，你便可以防範，可以改正，可以避免。但如若對方全然無心，自己全然無心，又何從防、改和避起？那傷也必是暗暗、隱隱地痛了，無處遁形。

所以，愛是需要我們警醒著、用心的：要修正，要完善；要不斷超越自己，要不斷跟上愛人；要時常交流，要微笑著交流；要彼此奉獻，還要為自己打算......總之就是：要在愛情裡思索，並不斷地付諸實踐。你知道，婚姻原本是一種有缺陷的生活，無論怎樣高尚純真的愛，都高喊著：要，我要！所以，需要相愛的雙方在一生裡做成巧手的「護理師」，彼此給予「醫藥」，索取「籌金」，才公平平等，從而妙手回春，化解掉那些無心而成的、愛情的暗傷。

飯在鍋裡，我在床上

（真正的青春只有幾年，為什麼不抻那種出塵的美好綿長、綿長再綿長些，慢慢地等待我們的愛它自個兒溜溜達達俗常下來不好嗎？等它自個兒冷

卻、成型，直到堅固耐用。況且，那樣的等待本身就有技巧的成分在裡面，可以讓男人牽魂呢。）

簡墨老師：

您好！

我是個大三女生，現在和男友……同居一年多了，是在學校周邊找的房子。按理說，我們情投意合，又是青春年少，應該很是浪漫、純情吧？我喜歡的就是他的純情和浪漫嘛他又不是不知道！可遺憾的是，我逐漸發現事情發展和開始戀愛時大相逕庭：那時多美好，可而今他……不但不那麼慇勤、浪漫了，不但不幫我做飯洗衣，還愛睡懶覺，髒襪子到處亂扔，我讓他幫我晾上濕衣服他都裝聽不見。這還不算完，他還常常要求MAKE LOVE，像個老爺們，而且我越拒絕他越來勁！真叫人不能接受。想問一下簡墨姐：您對同居怎麼看？我怎麼沒有了當初的感覺？

安琪

安琪：

你好！

其實大家都知道，愛情是一種病，叫人High叫人醉。而所幸，還有結婚這種疫苗。然而誰又不是但願常醉不能醒？我一向不認為同居是「賺到」了便宜──因為愛情的美妙眩暈被這種東西給提前終結了，而且說實在話：如果萬一分手，男孩子還沒有痕跡，女孩則問題多多。譬如：有時便要考慮去做個什麼修補手術──你知道現在換個朋友來戀愛就像換件一次性內褲一樣普通。撇掉那些德行差些的，還有同居中發現性格不和、缺點暴露等許多問題不是？所以，現代愛情的分手較之傳統愛情要容易許多。因為我們老一輩一般比較死腦筋。

不過，你「沒有了當初的感覺」，多半也是和不死腦筋有關。記得也有大學生對我講過：他們現在覺得和老夫老妻似的。唔，和你差不多。你的年紀不過十八、九歲，確乎已經滄桑，儘管還單純得可愛。這也是特別叫我憐惜的地方。我在文章中曾幾次忍不住提到我喜歡的一個韓劇《冬季戀歌》，那種純美──因為乾淨而絕美的戀愛，幾乎是我們大家曾經懷念的甜蜜而憂傷戀情的翻版，那樣雋永的愛情有理由活得長久些的。而一旦底線陷落，愛情的High和癡醉就會漸行漸遠，而「飯在鍋裡，我在床上」這樣我們會當

作笑話來笑的情境立馬凸顯於俗常的生活中。儘管這表現得篤定、安然，它有也它的美好，但實實在在有幾十年可以讓我們這樣俗常地美好呀！而真正的青春只有幾年，為什麼不抻那種出塵的美好綿長、綿長再綿長些，慢慢地等待我們的愛它自個兒溜溜達達俗常下來不好嗎？等它自個兒冷卻、成型、直到堅固耐用。況且，那樣的等待本身就有技巧的成分在裡面，可以讓男人牽魂呢。

不過既然已經同居，那就泰然處之。別當什麼「安琪」了，把「飯在鍋裡，我在床上」看作是婚姻和準婚姻再正常不過的狀態算了。本來也是。

好男人就是偽裝一輩子

（如果一個男人他肯為了不傷害你而去一輩子遮掩一件錯誤的事情，那麼這個男人實在應該是一個百裡挑一的好男人——他愛你，大刀闊斧；如果一個男人他肯為了不傷害你而去一輩子遮掩一件不是錯誤的、但有可能引起你誤解的事情，那麼這個男人實在應該是一個千裡挑一的好男人——他愛你，心細如髮。）

簡墨：

你好！

按理說，我應該算個比較幸福的女人吧，這麼多年來我和先生的感情一直很好，彼此很愛，又難得地十分信任。他是個商人，很忙，但行蹤總是隨時告訴我的。因此我對他的人品更加深信不疑——男人嘛，總是在外邊忙的居多，不忙反而不正常了對吧。可就是這麼湊巧，有天晚上，我去一個商務酒吧有事情去找他，卻看見他們和一個妖冶的女子很親密地在聊天。簡墨，他不告訴我是這種環境！我實在是很受打擊！當時我就一聲不響地回家了，一頭栽倒在床上爬不起來了。到今天，我都沒有勇氣告訴他我看到了那一幕——不是怕傷害他，我怕傷害我自己。我甚至想：要不分手算了，兩個人不能那麼單純、那麼心無芥蒂地相愛、相互信任多好呀，打碎了對愛情的這種美好的印象、破壞了這種美好的感覺不知道還能不能找得回來……

芷若

芷若：

14

你好 ！

呵呵，應該恭賀你有一位好先生呢。

你看，隨時告訴你行蹤，咭，這可不是所有人都可以做到的。而且這行蹤還十分詳實。如果你果然對自己的感情基礎和累積有把握，那麼「忙」對於愛情不是什麼障礙。

再者，你看見的是「他們」，而不是「他」正在做什麼，那麼這麼一個集體行動能夠有什麼威脅呢──當然，日本兵除外。但他們不屬於人類，沒資格參與我們的類比。

其三，那個所謂的「妖冶的女子」也許不像你想像得那麼讓人不齒。你知道，在應酬的場合，連我們這些所謂的貞靜女子都要禮服彩妝地打理半天呢。或者不過是一個急於簽單的一個業務代表而已，而且是「聊天」。如果每件事都要這樣去猜測，那麼商人就不要做啦，回家來保護感情算了。

如果一個男人他肯為了不傷害你而去一輩子遮掩一件錯誤的事情，那麼這個男人實在應該是一個百裡挑一的好男人──他愛你，大刀闊斧；如果一個男人他肯為了不傷害你而去一輩子遮掩一件不是錯誤的、但有可能引起你誤解的事情，那麼這個男人實在應該是一個千裡挑一的好男人──他愛你，心細如髮。如你所知，對男人來說，心細如髮遠比大刀闊斧要困難得多。

知足吧。你知道，現實世界中並不是每一個人都能像流氓一樣放縱自己的情慾、用品德和素質抑制住自己的慾望就算是好男人，並且這個時代壓力來自各個方面，弄得人人像負重的驢子──有的像騾子──壓力弄得連個把孩子也不敢生。然而，「蘿蔔」不一定在前面微笑招展，但鼎力狂奔是必須的──後面還有「鞭」視眈眈吶。

不得不承認，男人有時也說點真話，譬如「應酬是不得已的」，誰都知道累了時休息是人的本能的第一選擇。可是有什麼辦法呢？與其煩悶、抱怨，不如慢火煲上一碗好湯，換上你絲質的華美睡袍，淡掃娥眉，也「妖冶」一回，靜靜等他歸來......如此這般，即便他有點那個心思，也保不齊在你的溫柔裡軟爛如泥──男人都是吃軟不吃硬的主兒呢。

緊一緊發條

（任何事物發展的最高階段都將是精品化和多元化的階段，所有的變化都是可能的。「變心」也是一個不可靠的片語，因為所有的分手都應該是兩個人的原因，人人一段萬般委屈。所以，當婚姻停擺，最重要的不是狠狠摔掉錶面的指標，而是轉到後面，輕輕給自己緊一緊發條。）

簡墨老師：

你好！我的老公人很肯吃苦，也有頭腦，經過幾年努力，他現在成了個大人物，可也成了個不回家的人。因為財務問題我們總是有些糾葛，生活中的一些雜事也說不到一塊兒。今年上半年基本沒有回過家，有時候回來也是因為孩子的事。跟電影上學的，我坐計程車跟蹤過他，發現他一直在公司住，而且是單人床，他沒有出軌，千真萬確。可他不回家不是個辦法呀！簡墨，我們的感情基礎是非常好的，發跡前他又窮又單純，是我和我們家讓他成為了今天的他呀！所以，他使我非常恨他。我不再注重打扮，人蒼老了許多，也無心追求事業，成天以淚洗面......我一直在等他回心轉意......

默默

默默：

你好！

他不會回來了，傻瓜。你還是醒醒的好。

男人是和女人不同的：大多數女人可以共苦，不少男人卻不可以同甘；一個婦人可以寒窯十八載苦守，一個已婚男人卻常常不能忍受半年的分別。我不能告訴你他一定有越軌的行動，但......沒有才怪呢。半年的時間足夠男人用來完成忘掉和愛上（或者說「做上」更準確些）這個心理和生理過程。那麼，你要還覺得這樣有意思，那才怪呢。女人沒有自己了，才更讓男人看輕——這不是女人的錯，男人的本性使然。他若鐵了心走掉，你若抱住他腿哀求他會回頭呸你，還搭上句：「賤！」你甩掉他揚長而去，他該被「呸」和悵然若失了。嘿嘿，這就是人生的黑色幽默，你總賴不掉。

在這個年代，幾乎沒有誰感情基礎特別差——如果不是被拐賣，再沒有

誰再做逼誰結婚那傻事。而且生活中有許多鄙陋的美麗，愛情就是其中最鄙陋和最美麗的一個。沒有人肯停下來想一想心裡到底想要什麼，沒有時間，沒有精力，就這麼粗粗拉拉地活著。婚姻是一個齒輪，在日復一日的艱難運轉中，磨合兩個有著不同個性、價值觀以及生活習慣的獨立個體。稍有不慎，負面情緒就會漸漸蔓延開來，婚姻就會像一架倒行的馬車，在某一天轟隆隆地掉往谷底。

任何事物發展的最高階段都將是精品化和多元化的階段，所有的變化都是可能的。「變心」也是一個不可靠的片語，因為所有的分手都應該是兩個人的原因，人人一段萬般委屈。所以，當婚姻停擺，最重要的不是狠狠摔掉錶面的指標，而是轉到後面，輕輕給自己緊一緊發條。

恨並不是一個聰明的選擇。笑一笑，該幹什麼幹什麼去。這樣或許有點沒心沒肺，但為什麼不呢？境由心造，讓女人漂亮、最綠色的保養品是好心情呀！唉，與其在悲風裡枉自怨嗟，不如在斜照中輕唱流年。

爛香的頭啖湯

（如果說女孩的第一次是「頭啖湯」新鮮煲好的第一口湯，它鼎沸，清潔，鮮美，色香俱全……是那麼的彌足珍貴。你不覺得配之美器比粗瓷大碗更合適嗎？牛嚼牡丹似的，風捲殘雲，饕餮殆盡，未免暴殄天物。況且，並不能排除你這位「粗瓷大碗」是只粗粗飲了「頭啖湯」而不負責刷碗的主兒──委實齷齪。）

簡墨姐：

您好！事情是這樣的：與他在風雨中一見鍾情，所有的激情也已演繹。相識的第一晚，我們已經如膠似漆。這份突如其來的愛讓我迷失了自我，尤其他屢次提出非分的要求，按照我以前的原則，我無法接受。但是他愛我，確實是愛我，這點我不懷疑。我也愛他。可我們畢竟才剛剛認識……從小我的家教就是那種很嚴格、很傳統的，也是文化家庭，姐妹幾個都很安分守己，但居然我就成為了一個叛逆者！我很矛盾，捨不得放掉他，可又想按照傳統的父母教導的方式去戀愛。我有時後悔，有時也痛恨自己意志力不夠強。簡墨姐，請您告訴我，我們女孩子在性裡應該是種什麼

角色？

雨影

雨影：

你好！

終於來了，這問題。在前天的一檔電台節目裡，我和另一位嘉賓（也是好友）就此差點打起來──呵呵，我是有些傳統的那一個。

在愛情裡，性是結果而不是前提。我自己認為，從性美學的角度來說，正常的、美好的男女兩性是由戀而愛而性，戀、愛、性是感情發展、醞釀、高潮的幾個階段，顛倒或錯亂不是不可以，但，須有十分了得的道行才行。你，顯然嫩些。

性當然是重要的，與愛有關。有性的愛才夠完滿：有性無愛的感情難免猥瑣，有愛無性的感情也並不光榮。但「相識的第一晚......」太快了，一見鍾情不是這個鍾法──所謂熾烈的純潔才是高貴的、含蓄的愛情，像惠風初初剪過二月梢頭的楊柳，而不是一個回合都沒有便廝纏一起、板上釘釘般的孔武。不說索然無味吧，至少沒有回味。

再者，深度瞭解一個人僅憑幾天的相識已經夠玄，何況「第一晚」？「剛剛認識」就認定他「愛我」，實在是太不可靠──我看那人不是情癡，倒有點花癡。愛是暗香浮動的，尤其是它在最初的時候，根本不是這麼猴兒急叵耐等不得。

至於女孩子在性裡（尤其是性前），更有必要持重些。如果說女孩的第一次是頭啖湯，它鼎沸，清潔，鮮美，色香俱全......是那麼的彌足珍貴。你不覺得配之美器比粗瓷大碗更合適嗎？牛嚼牡丹似的，風捲殘雲，饕餮殆盡，未免暴殄天物。況且，並不能排除你這位「粗瓷大碗」是只粗粗飲了「頭啖湯」而不負責刷碗的主兒──委實齷齪。

我說的是一種感覺，和初夜、貞操什麼的無關。那就俗了。

算了吧，就這樣忘了吧

（初戀多美好呵！帶著山清水秀、無與倫比的清簡和純潔，而且它那

麼嬌氣，特別地需要小心翼翼，奉如圭臬。即便請它到了現在的生活中又有什麼意思？那種尺度上的拿捏、進退間的斡旋簡直是可以殺人的。倒不若留它做個風景，遠遠地看了、記得那些好的好，而且省心。）

簡墨：

你好！

我平靜的生活被攪亂了：我的那個他——第一個戀人重新出現了，來我們這個城市做一個很大的IT企業分公司經理。這真糟糕。因為我們當年的分手是無心的，是我一時糊塗丟掉了他，可能也是因為當時太年輕了吧？而我現在的老公也是自由戀愛的，不是什麼相親相來的。我們有個可愛的女兒，他對我、對女兒都很好，好得讓我不忍心傷害他一點。可初戀情人目前就在身邊呀，而且似乎……他還愛著我。他來電話說，希望和我見上一面，如果我不去見他，他就過來到我單位找我，總之，不見到我誓不甘休的架勢。……我真有些猶豫。簡墨，現在該去見他、和他復合呢還是……這兩個人我都喜歡，優點缺點分清楚，優點全留下，缺點全去除。我真恨不得他們合成一個人就好了……

糊塗人

糊塗的女孩：

你好！

唉，怎麼說你好——你燒包得可愛，又糊塗得可氣。

你那樣稱他——「我的那個他」，說明你還是很在乎他的。而且在那樣一個年紀，愛情自然是真的。那麼你想過嗎？很多東西是越遠了越好，尤其是愛情——它是一種精神活動呢，裡面羼雜了許多好感、牽掛、思念、遐想、幻想等等屬於意念的玩意兒，這一條就決定了情人保持一定的距離和神秘感對於愛情是有好處的；而初戀情人又處在過去完成時的狀態——懂嗎？是「過去」並且「完成」了的，就像你裝滿血汗錢的一個錢包，丟了，沒有了，找員警叔叔也沒用。被別人挑選了，並且錢已經在被花了……你說怎麼辦？去搶去奪，說：「那是我不小心丟掉的、你還給我」嗎？

沒頭沒腦，還沒有風度，還不如——「咳，算了，就當沒賺。」

丟就丟了吧。誰沒丟過似的。

總知道珍惜現在的吧？珍惜你老公對你的好。婚姻裡的愛情是站在地上的，一雙再新的鞋，你再愛乾淨，早晚也得粘上灰塵，褪去扎眼的新色，成為平淡但合腳的舊鞋。而你更知道，舊情的死灰復燃是沒有救的——只有燒掉所有，片紙不剩。

初戀多美好呵！帶著山清水秀、無與倫比的清簡和純潔，而且它那麼嬌氣，特別地需要小心翼翼，奉如圭臬。即便請它到了現在的生活中又有什麼意思？那種尺度上的拿捏、進退間的斡旋簡直是可以殺人的。倒不若留它做個風景，遠遠地看了、記得那些好的好，而且省心。記著：初戀情人大抵是不可以來往、成為朋友的，非親即仇，沒有第二條路可走——除非你是聖人，或傻瓜。

愛是要做的

（我理解的愛情，是自身的完滿，是人生的圓融；是為了一個人而情願改變，而情願從愛情的夢想落入凡間，從虛幻的「想」跌下紮實的「做」——如果說，一個男人對女人最大的讚美是向她求婚，那麼，一個女人對男人最大的讚美則是為他改變——從任性刁蠻、不諳塵事的公主一躍而成寬柔溫厚、事必躬親的人妻。）

簡墨：

你好！

在長達幾年的交往過程中，我和我的男友心心相印，即便大前年不在一個城市工作時也互相牽掛。他是個細心的人，也很溫柔，即使他只出差一天，也要無數次給我打電話、發簡訊，表達愛意。我一直感覺很幸福。可是，我也十分受不了他的一些習慣。譬如說都是我買禮物給他，他從來想不起給我也買個什麼，西瓜要等切開了送到他手上，裝修房子也要我來做策劃和監工......很多很多吧，說不完叫我生氣的地方。到他家去認門的時候，他媽媽也很熱情，對我很好。可同時她也告訴我，他從小很嬌，一點不會照顧自己，還暗示給我，他壓根沒有自己洗過一件衣服、刷過一隻碗......簡墨，我在家裡也很嬌的呀！而且將來會有孩子，事情會更多，日子也更長。......將來結婚了他這樣我可不幹！

點點：

你好！

其實我對此感慨也蠻多：走過了許多彎路，才懂得了避免漫天要價、擠出虛誇水分、抓牢童叟無欺、追求貨真價實，才是愛情中最大的真理——唔，非但要，還要給呢，把最真實的、真摯的給所愛，用最樸實、最紮實的方式給所愛——之所以愛的誓言不會變成美麗謊言，關鍵看讓愛情安全著陸、再平安行駛的駕馭本領到不到家。

「我在家裡也很嬌的呀！」呵呵，連朋友都斷定我做不了什麼賢德太太，也曾對自己沒信心，怕勝任不了新的角色。但他投資受挫最沮喪的時候，我一下子什麼都會了——早上偷偷給他洗車，拚命寫稿得來的錢悄悄放在他公事包裡……人都是需要相互感化的，感化是需要用行為體現的，尤其是愛人之間，沒有誰該為誰做奴隸一說。在愛情裡，甜言蜜語是斷不可少的，這是迴異於親情友情等等的最顯著的特點之一；但只有甜言蜜語的愛情又是斷不可要的——它終將在時間的河流中被漫漶成一團若有若無的墨跡。

說到底，愛情不是兩個人或者三個人的事：我理解的愛情，是自身的完滿，是人生的圓融；是為了一個人而情願改變，而情願從愛情的夢想落入凡間，從虛幻的「想」跌下紮實的「做」——如果說，一個男人對女人最大的讚美是向她求婚，那麼，一個女人對男人最大的讚美則是為他改變——從任性刁蠻、不諳塵事的公主一躍而成寬柔溫厚、事必躬親的人妻。

大凡要做人家妻子的，是必須如此的。而且，這和追求事業什麼的並不矛盾。你知道，在不少時候，男人們也悄悄以德報德地，為我們做著許多事情呢。

當日子過成段子

（從來都有怨時罵世、嗔東怪西的人，如蚊蠅逐臭，這是他們生活裡的樂兒，也許是唯一的樂兒呢，非但不足為慮，還十分值得同情。而流言既有

21

起，也便有止——起於青萍之末，止於智者的一笑。再爽的段子，也不過是茶餘飯後的談天，其生命力比青萍還要無根，比一笑還要短暫。沒有誰那麼重要，被人永遠津津樂道。放低自己。）

簡墨老師：

你好！

最近十分不快：我是單位的業務骨幹，也算是美女吧。我是個要強的人，別人做得好，我也要做得好，別人做得不好，我也要做得好。就靠這股勁兒，我從一個小職員做到了主管。咳，也就是一個小主管吧，可就因為出了一點成績、提拔我做了這個操心挺多、實惠挺少的主管，有些人也要懷疑我是不是和某某高層有裙帶關係，或者乾脆說我外強中乾，是個純粹的花瓶兒。戀愛問題上更別說，我是換過好幾個朋友，但是，這年頭，誰沒談過好幾個朋友？誰還願意談好幾個朋友？今天猜測我和張三，明天揣測我和李四，那些傳聞叫我頭都大了，弄得我都不敢很打扮，只要哪天打扮好點精神點，他們就猜我一定搭上誰誰誰了，哪天要略微邋邋些，他們又說你一定被人甩了。這都是好朋友告訴我的……怎麼生活就這麼叫人不得安生呢？

麥琪

麥琪：

你好！

這樣的信收到一些。呵呵，你並不孤獨呢。

大凡有些嚼頭兒的人生味，必含心境的蒼涼或情緒的慍怒。前者，譬如情話講成笑話；後者，譬如日子過成段子。

一旦不幸成為段子主角、流言中心，也便不必懼怕，更不必關注。時光急管繁弦一般，促我們做事，我們哪有多少上好華年去浪費？

年少時爸爸曾教導我人生得意須曠達：一則「不遭人嫉是庸才」，人嫉妒並不多壞；進一步說，木秀於林，風必摧之不假，但也說明「木」並不特別「秀」，頂多高一小截。努力呀，努成白楊不就沒有灌木和你能比，風也就摧不折了不是？再則「世上誰人不說人，世上誰人不被說」，八婆即你即我——縱然有些素養，背後不講人壞話，好話或中性的話總有一點點的。人

22

嘛，會思考，能言說，自然就有看法和評論對不對？你無法和一個叫做流言的東西較勁。隨它去好了。

再說，從來都有怨時罵世、嗔東怪西的人，如蚊蠅逐臭，這是他們生活裡的樂兒，也許是唯一的樂兒呢，非但不足為慮，還十分值得同情。而流言既有起，也便有止——起於青萍之末，止於智者的一笑。再爽的段子，也不過是茶餘飯後的談天，其生命力比青萍還要無根，比一笑還要短暫。沒有誰那麼重要，被人永遠津津樂道。放低自己。

換言之，這未必不是件好事：所謂流言，無非兩種：事業和私生活。前者如若對你毀譽參半，較默默無聞要好許多；後者如若緋聞加身，有時更可作借力好風，送你上青雲——看那娛樂圈，人人都在拚命玩轉這種遊戲呢——雖說不過是玩笑之語，但這個時代，如太在乎流言，那真是腦子裡可以養魚的傻孩子啦！

還有，除掉十分居心叵測的人造謠中傷，一般般的事兒嘛！只不過是推理——知道嗎？就是由已知的A、B，推斷出C。提醒你：平時多注意些，別不經意洩露A、B，以免授人把柄。

另外，勸一句：老是告訴你壞人壞事的、那樣的「好朋友」，不要也罷。

最後說：在生活裡，裝傻，或充愣，都可以遊刃有餘；真傻，或真的混不吝，那就沒救了，怎麼活怎麼狹窄。

「人盡可夫」VS「夫盡可人」

（我一直欣賞一種大眾的生活。就像當年愛迪生發明電燈時窮盡氣力證明鎢是最適合做燈絲一樣，所謂大眾的生活，就是被生活拿來做實驗，試驗了無數次，被證明是最科學、最主流、最符合客觀規律、最適合人類生存、因而被最大化的人群所接受了的一種方式。）

簡墨：

你好！

最近我看到關於網路上一個敢於「脫」和公開和自己上床的男人們姓名

的女人的新聞報導，覺得有點好奇，就趕緊上百度搜索了這幾個人的事蹟和圖片看了看。說出來請您別對我帶有成見——和很多人不同的是，我對她們十分同情。因為我就存在她們所感受到的迷惘：我也受到過男人帶給我的傷害（我和他同居三年，為他墮胎六次，可他......），我也曾遊戲人生，我才24歲，就已經對世俗的愛情絕望。也對親情絕望（我的父親早就聲明和我斷絕了父女關係。也是，我太讓他失望了，讓他丟盡臉面），除掉「一脫成名」的想法我不贊同，我甚至倒想像她們那樣，乾脆去脫，去和男人們交往，不看別人的眼光算了，反正這個世界就是這麼無情、慘澹，為了找尋一點歡樂，就破罐子破摔吧......

渴望得到回信的人

這位小妹：

你好！

天哪，我剛好粗略瀏覽完那些圖片，我不是不同情她們——對瘋子和準瘋子你能要求什麼？當然你可以解釋成是「人家有人家的生活方式，你管不著」，但我的原則是這種生活方式一定要是在沒有危害、侵害和影響正常人（對不起，我對於一般人的生活的界定就是「正常人」，剩下的是「其他」，沒有什麼「先鋒」和「變態」之分）的生活秩序的條件下。你曉得嗎？這種東西的被肯定只能給傷害過你的男人們找到一個絕佳的藉口：喏，那是我的生活方式呵，你管不著！

所以，為什麼要報復呢？與其對自己不負責任，不如獨善其身——這裡講就是完善自己：使自己變美麗、增氣質、有修養、長知識......叫他們後悔才是，而不是讓人家不齒：呵，當初幸好沒要她，能要嘛這種女人？！丟死了。

我並不排斥「行為藝術」。我算是搞書畫的，為什麼要排斥她們的姊妹藝術、或者說衍生藝術？真正好的藝術都是撼人、動人，是有意味和回味的。國內的行為藝術確乎有點乏善可陳，只有些吃死嬰、疊裸體，還有這場描述自己60幾次性愛場面的遊戲。你如果欣賞這樣的「藝術」那是你的事，但你不覺得她的路峭拔、太過孤獨和危險了嗎？我一直欣賞一種大眾的生活。就像當年愛迪生發明電燈時窮盡氣力證明鎢是最適合做燈絲一樣，所謂大眾的生活，就是被生活拿來做實驗，試驗了無數次，被證明是最科

學、最主流、最符合客觀規律、最適合人類生存、因而被最大化的人群所接受了的一種方式。也許它不免流俗，也許它沒有多少新意，其他的另闢蹊徑也許別有洞天，也許奇趣盎然，但終究是不可靠的，而且要付出特別的艱辛——或許可以致人死無葬身之地。

人盡可夫遭人唾笑，但我卻認為夫盡可人：人人都有其可愛之處，這是真理——只要你有心。但不可以閱人無度是不是？那就不可愛了。對性也要有敬畏之心——這是上帝的禮物。

而且，名這個東西又算什麼呢？太虛了。與其被人獸一樣地看待，不如紮紮實實贏得一場真正的人的愛情和一部真正的人的人生的好。

做美女挺好

（做美女挺好——不只是「胸大無腦」裡的那個「挺」，是挺起腰板、挺起精神、挺起尊重、挺起才華的美。重要的是：美女必須要有一顆平常心，不浮，不飄，舉止得體，端莊大氣，忘記自己是美女了，才真的修煉成了美中大美呢。）

簡墨：

你好！

我是一個人人稱為美女的女孩子，在大學時被稱為「校花」，在單位又被稱為「行花（我在銀行工作）」。可美女的便宜從來沒有感覺到，美女的麻煩都讓我碰上了。唉，我覺得是個美女非常不好：公車上躲不開性騷擾，辦公室裡成話題，生活上問題多，事業上受限制……談了幾任男朋友幾乎都是因為別人和我站一塊兒自卑、壓力太大而吹了。最近新任男友又以我穿的衣服有些暴露和我鬧彆扭，說什麼只有淑女才是真的美女。我怎麼不「淑」了？穿個吊帶怎麼了？大家都那麼穿呀！簡墨，你認為美女的定義是什麼？美女應該怎麼適應社會？……

嫣然

嫣然：

你好！

呵呵，相對常規收到的煩惱瑣屑的信件，你提的倒是一個高蹈的問題呢。

做美女不錯呀，娶美女也不錯嘛──你別信那些誤導的破文字，那都是非美女和娶不到美女做老婆的人的瞎掰。瞧上去，作美女還是很舒服的，只要你自己不「作」。而聰慧的大腦、如花的容顏、出塵的氣質......一個女子若兼具者三，就可以算得上本錢無邊啦！漫說所到之處男人個個變紳士，就是一樣的才華，在女子堆裡也總能如坐春風──真正的美女是男人女人都欣賞的。

我反對做矯情的「美女」，就是天天做夢以為自己風情萬種其實不是的那種──美女裡的敗類並不比男人裡的敗類少多少。活成人家眼裡的笑柄卻不自知，多可憐！我喜歡優雅的服飾，靜好的儀態和為底蘊的豐厚作累積的忙。工作著是美麗的──然而為了浪得虛名弄得自己破馬張飛也不是美女的行事方式，當然因了空洞的美麗拋卻美麗的知性更是癡女所為。為真正美麗者戒。

一直以來我堅定地認為：美女是自己的，也是大眾的；美女愛事業，更愛愛情；美女要忙碌，更要優遊......兢兢業業遵從一個完美主義者內外兼修的修為準則，自成獨到的生存和生活本領而為社會承認、為自己驕傲、為友人喜歡、為愛人愛──出世有道，入世得法，隨心所欲，遊刃有餘，方是美女的圓滿人生呢。不是嗎？

做美女挺好──不只是「胸大無腦」裡的那個「挺」，是挺起腰板、挺起精神、挺起尊重、挺起才華的美。重要的是：美女必須要有一顆平常心，不浮，不飄，舉止得體，端莊大氣，忘記自己是美女了，才真的修煉成了美中大美呢。

當愛情跌停

（生活不過是數位照片，呈現出令人恐懼和無奈的真實性：它已成過去，一去不返，而我們擁有的，是下一段路程。倘若分手後依然想像彼此是彼此的對岸，彼此是彼此的城，彼此仇恨又彼此想念，彼此用槍口指著，彼此渴望著絕望著......這種生活不啻地獄。）

簡墨：

您好！

我的那個朋友是個顧慮比較多的人，自己不好意思給您寫信，心裡其實很困惑。所以我替她問您一個問題：她剛和男友分手：那人是個才子，是深愛她的，也準備結婚，但由於他性格的優柔寡斷沒能在一起。她是外表嘻哈外向，其實內心挺柔弱挺細膩的那種女孩子，一直忘不掉他，在開始另外的戀情之後他們也一直聯繫，就是老在一起的那種聯繫。……這樣下去她的一生可能就完啦！她的那個現任的男友如果知道了不全完了？朋友們心中都很著急，可說她根本不聽。從一些文章裡知道簡墨姐您是一個幸福的人，同時又很懂得幸福，所以就冒昧地給您寫了這封信……能給她一些意見嗎？謝謝！……

恬恬

恬恬：

你好！

很為你的女友欣慰——有你這樣的友人，足以抵消失戀一半的痛苦啦！

其實，心裡還真的要把戀愛和結婚略略分一點——大家誰的初戀是成功的？幾個「閨密」之一的微涼小姐總結講「和才子戀愛、和君子結婚」是最好的模式，就像我。但我並不贊同實際操作上剝離相戀和結縭——像我，雖則最終遇到心愛，可活一段瓊瑤、活一段尤今的，光鮮的是外表，滄桑的是裡子。一心一意是通向幸福的捷徑。

而我的理解：所謂幸福，就是把不幸一一剔除，剩下的便是幸福；所謂不幸，就是扯開的一根線頭，「豁朗朗」把整幅大好幸福輕易斷送。你朋友的失戀未必不是件好事——單優柔寡斷一條就足以將那人斃掉。一個男人如沾了這點邊就完了，我覺得蠢笨顢頇的最高級就是這個優柔寡斷。掐死失戀這個線頭，否則自己不也優柔寡斷啦？

生活不過是數位照片，呈現出令人恐懼和無奈的真實性：它已成過去，一去不返，而我們擁有的，是下一段路程。倘若分手後依然想像彼此是彼此的對岸，彼此是彼此的城，彼此仇恨又彼此想念，彼此用槍口指著，彼此渴望著絕望著……這種生活不啻地獄。與男人不同，女孩子的行程是最怕耽誤

的，放開手，趕路吧。

錢鍾書說過：「只要不討厭，就已經夠結婚的資本了。」沒有誰離開愛情就不能活。我反對黔驢技窮的調情，正如厭惡藕斷絲連的分手。倒掉殘渣，收拾起自己精神裡未折斷的鋒芒，換一個乾淨的心情，找個不討厭的人結婚就是。

一時與一世

（女人不能一輩子頂著個童花頭裝嫩對吧？那可就真的不是一般的笨了呀。女人味兒其實有著非常繁複的內涵，它包括美麗、靈秀、溫柔、嬌蠻、細心、體貼、有修養、善解人意......等等吧。做女人是一生的功課，用心研習才可以做得寫意而完滿。）

簡墨：

你好！

憑心而論，我各方面都不錯：漂亮，聰明，工作不錯，賺錢很多，還有個外號叫「野蠻女友」。因為我十分喜歡在愛情裡捉弄人、欺負人，玩些小把戲，讓他們痛苦和難堪。就和電影裡差不多的、讓他穿我的高跟鞋背我上樓的事我都幹過，我覺得女孩子嘛，就應該活潑些。這個世界上哪有那麼多的一本正經？我真想永遠做一個嬌蠻的女孩子，找好幾個丈夫：有成熟型的，可愛型的，心靈型的......可是，客觀不允許啊。曾經有許多人因為單單喜歡我「野蠻」這一點而追求我。但非常鬱悶的是：開始時都挺好，可往往到後來，他們就都打消了娶我的念頭。可我真的很好、也很會體貼人的呀，真冤枉。我很煩。

寧馨

寧馨：

你好！

戀愛裡可以占盡風情但要有度。那些優點，尤其是最後「野蠻女友」這條，足夠嚇退一半的求婚者了——前者恰恰是「安全」的天敵，後者則碰巧是「愉快」的剋星——沒有誰覺得自己能鎮得住那麼完美的太太，也沒有誰

能在一生長長的時光裡忍受一個「野蠻老婆」──除非他是受虐狂。

國人存在一種很好玩的現象：大眾一旦統一熱愛什麼，那麼這種熱愛就一定加上了某種精神內涵，而變得有了號召力。沸沸揚揚的「野蠻女友」效應就是一個例證。其實，愛的個體不一樣，喜歡的類型也就大相逕庭──無論一個人有著怎樣五色雜陳的多面性，總有一種主打性格和個性決定了你是一個怎樣的人，在愛裡習慣怎樣去表達。譬如說我自己，很多人都講我是很靜的一個人，很懂事、不鬧的樣子，然而我的愛人卻最清楚我有時刁蠻起來可以把人逼得沒有招架之功。野蠻有它的動人之處，也是愛裡不可或缺的調味品。除了影片中那個「辣妹」，你還知道黃蓉對吧？不都很好嗎──我不反對野蠻。

但是一味野蠻就不太好了。第一，你必須有野蠻的資本──要漂亮一點，聰明一點，最起碼可愛一點，否則，沒等你施展「野蠻」功夫，男人早就想扁死你了挺沒趣的；第二，你必須得分清野蠻的對象──逮誰跟誰「野蠻」，那叫犯渾，傻帽兒，二百五，不可取；第三，你必須能夠把握好野蠻的尺度──野蠻是活潑，是調皮，是情趣，是有分寸的，蠻不講理，但這個「理」壓根兒就是沒有道理可講的，是無可無不可、是你的野蠻對象對你的欣賞和願打願挨，過了便物極必反；第四，你必須懂得釋放野蠻的時段──野蠻在戀愛裡是小遊戲，是自然而然的手段，是你的獨特魅力，是女人味兒的一種，但如果在婚姻裡，你還是以野蠻為主，相信至少60%的男人會日久生厭的。女人不能一輩子頂著個童花頭裝嫩對吧？那可就真的不是一般的笨了呀。女人味兒其實有著非常繁複的內涵，它包括美麗、靈秀、溫柔、嬌蠻、細心、體貼、有修養、善解人意……等等吧。做女人是一生的功課，用心研習才可以做得寫意而完滿。

可愛的女人有好多，不可愛的也有不少。譬如：沒有思想、罵街的潑婦，為了一點蠅頭小利把家庭關係搞得一塌糊塗的小女人，不男不女幹起活來驃悍無比的大女人，只會看電視、搓麻將的女人，一開口就二五郎當瘋瘋傻傻的女人，整天把臉塗抹得像五彩的女人，一上街感覺全街男的都在回頭看她愛上她而趾高氣揚的女人，整天八卦別人的女人，什麼都敢往身上套的女人，早晨剛從床上起來一頭亂髮眼睛睜不開找不到衣服亂發脾氣的女人，老覺得男人一舉一動想占她便宜時刻如臨大敵說話嗆人的女人……真的說不上多可愛吧？野蠻過度了就是這樣子，只剩下兇巴巴的女孩子無論如何

是不可愛的。防微杜漸才可以避免犯不可愛的錯誤。

所以，女人的行為和性格決定了她的可愛度。同樣，野蠻只要野得有度、蠻得可愛就蠻好──男人嘛，有時是孩子，得拍著哄著；有時就犯賤，喜歡女孩子有刺的玫瑰似的，欺侮他一下他才開心──呵呵，這種性情本身就挺可愛的。野蠻是我們豐富的資源之一，合理開發、有效利用就是了。

我從來不認為純粹的「野蠻」是什麼優點──你把「活潑」和「野蠻」弄混了。要修正，不能溫柔了沒一分鐘，就又「面目猙獰」。

不用刀槍

（試想，一個女人，在男人的命根處，踏出了母獅般的足跡，能有多柔情和愛嬌？可以聰明，可以慧黠，不可以不厚道。佈滿齒輪的婚姻是一定要用「厚道」的潤滑劑來降低損耗的，如若齒輪間隙裡充滿了「心計」的泥沙，那你一定累死了。）

簡墨：

你好！

最近比較煩。是這樣的，一向唯命是從的男友最近不知怎麼，突然長了膽兒，說我太霸道了，不安分。我不過就是比別人嬌豔和嫵媚一些嘛，我有霸道和不安分的資本呀。誰想霸道誰想不安分誰去呀，讓那些很普通很低級的女人也去霸道一回、不安分，她能嗎？他說我不賢良，不溫柔，太自我，太自戀……這不，他和她以前那個土蛋一樣的前女友又聯繫上了，而且還很有重修舊好的可能，我都快氣炸啦！要拋棄也是我拋棄他呀對不對？我一直認為，我吸引男人也是刺激男友更愛我的一個手段……

小雪

小雪：

你好！

不知你記不記得：在《征服情海》中，湯姆·克魯斯不是被迫在美貌但花心吧唧的未婚妻，以及另一個甜美、善解人意的單親媽媽中選擇一位嗎？最後，他選擇的不是別人，正是那位體貼善良的柔情女子，即使她身邊多了

個「拖油瓶兒」。

還有，不歇燃燒的火焰似的郝思嘉你一定知道吧？，是的，她是讓男人有懸念，有想像，但終究敵不過溫柔親切的韓媚蘭——韓媚蘭不著一字便繳獲了郝思嘉愛著的人的心，她活得高貴，而且輕巧。

我覺得，在愛情裡一定要厚道，霸道最終是吃虧的。不要怕被別人說「愛得很老土」——不是不可以運用「嫉妒」這樣的小手段，但分寸一定要把握好：一小點，不經意——太多或太刻意，就沒意思啦。而且，越是情到深處，此種花招往往更讓男人反感呢——試想，一個女人，在男人的命根處，踏出了母獅般的足跡，能有多柔情和愛嬌？可以聰明，可以慧黠，不可以不厚道。佈滿齒輪的婚姻是一定要用「厚道」的潤滑劑來降低損耗的，如若齒輪間隙裡充滿了「心計」的泥沙，那你一定累死了。

好女人大抵總是溫煦、安寧、妥帖，讓人心裡舒服的（當然，在具體愛起來她也許比誰都會調情和激情呢，那是另外一個話題），這才是一個男人真正和最終想要的。

另外，在這裡說說也就罷了，千萬不要和你男友講他前女友是「土蛋」——懂哦？男人是很惜弱的一種動物。否則，你會比想像的還要被動。

引源頭活水

（一則，世上沒有完美的愛情——梁祝如當時沒有死去化蝶，到慢慢變老坐著搖椅慢慢搖的時候也許光剩下吵嘴磨牙了；二則，每個婚姻個體都有自身特點，不可能一個方子醫治百病；三則，愛情也會疲勞——金屬還會疲勞呢，何況愛情這種易耗品？）

簡墨老師：

您好！

我和我先生結婚剛剛三年，已經熟悉得不能再熟悉，激情沒有了，愛情似乎也過去了，每天只是孩子哭、大人累，柴米油鹽，千篇一律。最要命的是，現在就是我換上最漂亮的衣服，也難得聽到他一句誇獎，怎麼啟發都不行，總是大吵一架才算完事。再說，我們的工作都很忙，不是他加班就是我

加班，連共同的時間都越來越少，有時我都想真的不如單身的時候好。就是在一起，我們都快無話可說了，吻一下都覺得多餘，別說深吻舌吻了——慘得慌。知道簡墨老師您的愛情很完美，能告訴我該怎麼辦嗎？

清影

清影：

您好！

在解決我們自己的問題之前，須明確三點：一則，世上沒有完美的愛情——梁祝如當時沒有死去化蝶，到慢慢變老坐著搖椅慢慢搖的時候也許光剩下吵嘴磨牙了；二則，每個婚姻個體都有自身特點，不可能一個方子醫治百病；三則，愛情也會疲勞——金屬還會疲勞呢，何況愛情這種易耗品？我們所能做的只有用心體會，來使自己儘量活色生香——不能生香，儘量別生臭，這一生也便兜兜轉轉過得去了。提兩點：人人都是喜歡舒心和遂心的，如果你一向嬌縱或活潑，不妨在有些無傷大雅的小事情的處理上，柔順一回，改變一回，那一瞬間，一定是對方最充滿感激、最覺得你善解人意的時刻了。反之，如果你本來就夠懂事和嫻靜，也不妨刁蠻一些。改變總是偶一為之的好。

這種感覺大家都有：再強大威猛，男人也是孩子；再嬌柔純潔，女子也有母性的一面。角色都是對應的，也是多面的：他有時是大哥，你就是小妹；他願意做「父親」，你就是「小女」；他可以是大山，你就是小河；他只要是藍天，你一定是大地......那些是要默契的，只有真正愛著、一直愛著的人們才能做到遊刃有餘。這一條苛刻些，但可以修煉。

放　手

（所謂長袖善舞的人生，就是在每一個需要抉擇的當兒，懂得是取還是捨。表現形式為：舒長袖舞蹈；加長袖子臨風仙舉；改長袖為短打扮兒。這不是一件很容易的事，有時甚至需要割袍斷義的果敢乃至壯士斷腕的決絕。）

簡墨：

你好！

我是一個多愁善感的女孩，自以為也足夠溫柔、善良、體貼人，不算醜，工作也可以。和男友戀愛也有6年多了，關係一直很穩定。可只要我一提結婚的事他就煩，經常支支吾吾的，又是「賺錢不多不夠養家了」，又是「年紀還不算大，以後再說吧」什麼的，這個那個的，不說個準話兒。最近，我們家一直催我結婚，我自己也十分想有個家、有個歸宿。都年紀不小了，還拖個什麼勁呀？前天我又說想結婚，他居然賭氣出走了，而且，他單位說他人不在，沒上班，打電話他也關機了，連個簡訊都沒有，人間蒸發了一樣，給在外地的他媽媽打電話，也說聯繫不到他……我十分悲傷！

冷月

冷月：

你好！

這個話題多少有些不堪，但我們必須面對──我聽太多女孩訴說心事，不少人說的都是同一類：我愛他，為他付出一切，可他不肯和我結婚。

唉，這樣的男人不要也罷──把自己太當碟兒菜，奇貨可居似的，你以為你是誰嘛？不管什麼原因：經濟、壓力，還是另有新歡，都不可以隨便原諒他：在愛情裡，是不允許一個人向另一個人討婚姻的（就是乞討和討厭的那個「討」），一個要，一個不給。喏，就是這麼回事。你覺得他尊重、重視和愛護你？殘酷了也。

悲傷這東西，宜戲劇不宜生活。在戲裡，看戲時，掬一把淚，叫有趣兒，有看點，那是別人的人生；在生活裡，你悲傷，就易怒，挑剔，刻

薄，自暴自棄……這可是自己的人生啊！自己一寸一寸長成、長老的人生啊！可是悲傷，這傢伙，這百無一用的「勞什子」，它一點一點耗損你的生命力，讓你的心開始堅硬，最終不能再復原最初的柔軟。你的生命出現斷層，有了低谷。這都不可怕，可怕的是，你只一味悲傷，不能從這「斷層」「低谷」裡生長出一點什麼來！我的理解：所謂長袖善舞的人生，就是在每一個需要抉擇的當兒，懂得是取還是捨。表現形式為：舒長袖舞蹈；加長袖子臨風仙舉；改長袖為短打扮。這不是一件很容易的事，有時甚至需要割袍斷義的果敢乃至壯士斷腕的決絕。

若當捨不捨，或耽於幻想，一味死抱住「風月寶鑒」不放，像《紅樓夢》裡那個可憐的賈瑞一樣，被一面的妖妖調調的鳳姐兒誘惑，終究還是會被另一面的骷髏奪去希望。

美麗的事

（一個寬柔、平和、諒解、理解、懂得悲憫、懂得感激、對生活有著理想、追求著的人，他（她）一定是有力量的，他（她）的愛情一定是打理有道的，他（她）的生活也一定是美麗的。一樣東西再曼妙，一旦擔上巧取豪奪的關係便不好玩啦。）

簡墨：

你好！

我本來是有男友的，是大學同班同學。他人很好，但能力不算強，不怎麼能賺錢，家境也很一般。最近我在朋友聚會、去KTV唱歌時，偶然認識了一個有錢人，雖然五十多歲，但年齡是男人的魅力呀，我還喜歡男人有點皺紋呢。和他在一起以後，我用上了名牌化妝品，穿上了名牌衣服，開上了名車。這樣也好，可以省去20年的奮鬥期……可我還是有點懷念和前任男友在一起的日子，又不能再回去找他，也沒打算回頭找他，可是心裡總是有些惆悵……簡墨你說，為什麼這人就「魚和熊掌不能兼得」呢？

芊芊

芊芊：

你好！

來，讓我們算算省略了的那20年奮鬥期哪兒去了吧：如果那人沒毛病，4、50歲之前該是梅開一度了。要嘛他陪髮妻奮鬥，要嘛髮妻陪他奮鬥。不管怎樣，她不進取了不努力了不打扮了……就算全怪她吧，總之，奮鬥完了，她退位了——從妻位上退下，換了人了。悲哀。

雖然你我都不承認在愛情上是個掠奪者，但事實是：稍不注意，你就拿了，儘管有時貌似半推半就。而只想拿、不投入……嘿嘿，危險。

在文字裡，我一直想訴求一種東西，就是：深深地愛和被愛是多麼炫、多麼美麗的一件事！——你藉此所建立的不只是與這個人、不是這一刻、而是與你的整個漫漫人生的關聯。而一個寬柔、平和、諒解、理解、懂得悲憫、懂得感激、對生活有著理想、追求著的人，他（她）一定是有力量的，他（她）的愛情一定是打理有道的，他（她）的生活也一定是美麗持衡的。一樣東西再曼妙，一旦攙上巧取豪奪的關係便不好玩啦。

附加條件很多的愛情是實用主義者的愛情；沒有附加條件的愛情是浪漫主義者的愛情，二者卻都不可能斬獲幸福。週末在電視台做嘉賓時，我曾被熱線裡那個女孩子氣得發怔：她講《麥琪的禮物》裡雖然相愛的兩人為對方失去了自己最寶貴的東西，但不是他們什麼也沒得到嗎？她遺憾死了，覺得那種奉獻不值。——喔唷，那麼美麗的奉獻不值？！「什麼也沒得到」是她對於愛情的衡量——這個女孩子是女的嗎？唉，她白活了，可惜了那麼漂亮的面皮。

愛需要一顆優雅、細膩的心去接收，愛是高貴的，並需要懂得。如果都粗礪到這樣了，物慾又太多，愛情的意義豈不只剩下器官的疊加啦？那省省好了，不要做女人，去做個印鈔機。

留一點點乾淨的角落，去盛放愛吧；留一點點時間，去思索愛的真諦，不指望「魚和熊掌兼得」，做一個浪漫的現實主義者，或許才是女人（男人做一個現實的浪漫主義者更好些吧）斬獲幸福的通途。

孤獨算個鬼

（「去時陌上花似錦，今日樓頭柳又青。可憐儂在深閨等，海棠開日我

想到如今......」就這麼旖旎清冷、柔腸百轉輪迴往復著，叫我想起你那麼年輕、那麼美好的生命，被一個沒有快樂的陶醉、沒有起碼的安全感、沒有被寵壞了的感覺、沒有什麼希望結合的戀情苦惱著，折磨著......我的心裡一陣陣發痛。）

簡墨老師：

您好！

我有一個男友，他懶惰，還賭博、活得窩囊，可以說是庸碌無為。現在我們已經同居很久了，按理說也該有所改變吧，可他還是整天沉溺於遊戲機、啤酒、色情光碟中......而我自己，照朋友的話說，是活潑、快樂、自信、大方還兼善解人意。尤其讓我傷心的是，我一說要他陪我，他就說「不方便」、「工作忙」，還露出很不耐煩的樣子......就因為他，我開始自卑、消極、脆弱和矛盾，有時甚至有點歇斯底里了。可是30歲了，我要一旦離開他，前景會怎樣？還能有未來嗎？簡墨老師，您說我該怎麼辦？請速回信。謝謝！

影子

影子女士：

您好！

我想就自己的看法跟你交流一下，可以聽聽嗎？

同為女性，我也十分喜歡你的「活潑、快樂、自信、大方、善解人意」，也理解你的「自卑、消極、脆弱和矛盾」，但我不贊成你「有時」的「歇斯底里」──其實你的「歇斯底里」是自己做出來的，你不是不可以自己控制。

就拿你的愛情來說吧，你的男友他「懶惰」、「賭博」、「窩囊」、「庸碌無為」、「沉溺於遊戲機、啤酒、色情光碟中......」凡此種種，你講得很多，而優點你沒有講一條。你不覺得你並不真的愛他，而只是一種慣性的隨波逐流和惰性的無意更改嗎？要知道，任何一個處在戀愛中的女孩子（男人也是）看自己的愛人都是世上最完美的男子、感覺自己是世上最幸福的女子。不是也有人說「戀愛中的男人是瘋子，戀愛中的女人是傻子」嗎？你既然列舉出他的種種的不好，條理清楚，貶義十足，十分地清醒，你說愛

他，論據就十分的不夠；他愛你（？）也決沒有到瘋狂的程度（恕我直言），否則，他就不會用「不方便」、「工作忙」來搪塞你了。愛情是一件十分美好的事，因為愛，可以使粗魯的變成溫柔的、乖戾的變成可愛的、痛苦的變成快樂的、絕望的變成陽光燦爛。你的所謂戀情只是乘虛而入的病菌的變異——看上去似乎異常美麗的菌種反而常常是劇毒的，如果飲了食了，無異飲鴆止渴、割肉補瘡。你的先天不足的戀愛帶給你的除了「一回回的失望」，連一句虛假的承諾都沒有，你守望什麼、還指望什麼呢？

就在我寫這篇小文的此刻，耳邊正流淌著程硯秋先生的《春閨夢》：「……「去時陌上花似錦，今日樓頭柳又青。可憐儂在深閨等，海棠開日我想到如今。門環偶響疑投信，市語微嘩慮變生。因何一去無音訊，不管我家中斷腸的人。畢竟男兒真薄倖，誤人兩字是功名。甜言蜜語真好聽，誰知都是那假恩情！……」就這麼旖旎清冷、柔腸百轉輪迴往復著，叫我想起你那麼年輕、那麼美好的生命，被一個沒有快樂的陶醉、沒有起碼的安全感、沒有被寵壞了的感覺、沒有什麼希望結合的戀情苦惱著，折磨著……我的心裡一陣陣發痛。我也是女人，我很知道愛和被愛的味道，我很明白你是那麼純真、那麼無助、以至一旦有根類似於愛的稻草就不計後果地抓住並不敢輕易放開！

放開他吧，別害怕孤獨。

新箍的馬桶

（時空的改變常常令愛情滄海桑田。而生活不是言情劇，那根本只是駐紮女人心底的美麗童話。《半支煙》裡的有錢人曾志偉為一個女人終生未娶，老之將至前萬里迢迢由巴西趕回香港，要在神智模糊前看一眼她，看一眼就死。你信嗎？騙傻子的戲。）

簡墨：

你好！

最近我交了位有錢的男友，人品還可以吧，至少打聽得住。40多歲，離異，無孩。我帶他到我家去過了，家裡人對他印象很差，還偏激，說離過婚的人多多少少都有些自身無法克服的缺點和問題，還背地到人家單位打聽

人家的情況，尤其是人家的離婚原因──多不道德呀。都堅決反對我和他交往。我覺得也太把人家看扁了：他不就是經歷的女人多些、平時忙些嘛。幹嘛把人家有錢人都想像得那樣？有錢人也不一定壞呀，他可以為我改變、讓我來做他最後一任女友呀，他忙的時候只要想著我也沒什麼......

咪子

咪子：

您好！

您發現了沒有？現在的女孩（包括男孩）普遍有個毛病，就是過於自信。你憑什麼有把握做他最後一任女友？即便他已對你迷戀若死？這完全不說明什麼。男人的嘴臉是一日三變的，尤其是在你相信他非你莫娶的時候──很多時候，「非你莫娶」的誓言不是男人說的，而是女人想的。

有錢是件好事。就是我，在抱把吉他唱遍情歌的傻孩子和溫厚的經理人愛人之間，也是選擇的香車美饌。但我的原則是誰更愛我，香車美饌是附帶的。即便如此，這種選擇也其實是撞大運，危險機率是50%──其實遠不止：有錢男人是不一定壞，但他的機遇多、經過的誘惑多，意志稍不堅定，哪怕是個小陰溝，也保不齊淹然滅頂。萬一（在個人就是一萬）家人皆不看好的男友有變，受傷的只能是你。

有句俗語：「女人嫁的是男人的將來，男人娶的是女人的現在。」時空的改變常令愛情滄海桑田。而生活不是言情劇，那根本只是駐紮女人心底的美麗童話。《半支煙》裡的有錢人曾志偉為一個女人終生未娶，老之將至前萬里迢迢由巴西趕回香港，要在神智模糊前看一眼她，看一眼就死。你信嗎？騙傻子的戲。即便你而今年輕貌美，然試圖改變一個人是可笑的，除非他自願為你改變。你怎麼知道他忙的時候想的一定是你？

戀愛之初甜蜜是正常的，新箍馬桶還三日香吶，但若家人打聽來的是這隻馬桶臭不可聞，還外帶豁了半拉，自然反對啦。多方權衡一下的好。

扔下你的另一隻靴子

（「少女情懷總是詩」的意思就是說，少女情懷總是做夢。唉，我們的

要求太苛刻——每個人最低的要求，竟是要求他（她）做到他（她）做不到的。既然各有不足，不妨放各人一馬：寬容他們的短處，然後，比較他們的優點，一一對照，綜合分析，從而做出取捨。）

簡墨：

您好！

您瞧，我現在面臨一個兩難抉擇：本來我有個說話少卻很厚道的初戀男友，感情也不錯，可最近透過一個偶然的機會，我又認識了個幽默、熱情、口若懸河的男孩子，我從他身上感受到了活力和快樂，這種感覺很新鮮。目前我拿不定主意和誰在一起，又怕失去誰，所以暫時兩個我都交往著，就是那種很淺的、見風使舵似的交往。我絕對不和他們同時過從太密，這請您相信我。可說實話，他們兩個雖各有不足，但也各有千秋，我都喜歡，真是難以放棄，愁死我了。簡墨，你說我該怎麼辦？

恩雅

恩雅：

你好！

首先，對你表示敬意：在這個人文精神式微、功利色彩濃重的時代，還有你這樣純粹從個性出發選擇伴侶的女孩子。

其次，覺得你蠻可笑：美得你！兩者即不可兼得，還是早做決斷的好。選擇還是要尊重你個人的感覺。不過，除掉我比較宿命，總認為第一個就是最後一個，那痕跡是人生最深刻的痕跡，我個人還偏愛訥言、忠誠的男孩子——其實在愛情裡時間久了，幽默便成了貧嘴，熱情又能怎麼個熱法？還是恆溫地愛著最重要——愛一個人要恆定、厚道，並全心全意的好。而且，一個男人多言而碎嘴，未免討嫌。

人哪有什麼完美的？有那麼一兩項接近幻影裡的白馬王子就不錯了，「少女情懷總是詩」的意思就是說，少女情懷總是做夢。唉，我們的要求太苛刻——每個人最低的要求，竟是要求他（她）做到他（她）做不到的。既然各有不足，不妨放各人一馬：寬容他們的短處，然後，比較他們的優點，一一對照，綜合分析，從而做出取捨。儘量避免遮罩，切不可一葉障目。

這樣吊著兩個是不妥的，而且絕不好玩，等於玩火：慧黠一點可以給女

孩子加分，但狡獪就有點點過啦。況且，愛原本是可回味的、綿長雋永的一種東西，它的本質是唯美、乾淨和寧靜，絕不是這樣火爆、鬧熱、亂紛紛。記得《扔靴子》那個笑話嗎？你一分鐘不狠心決斷，小哥兒倆就都眼巴巴等待一分鐘不敢閉眼，哪怕是子夜時分。既然兩個都有期待，那麼，仁慈一點，就將你的「另一隻靴子」從樓上重重丟下去，讓樓下的人家無論誰，死了心，踏踏實實，去洗洗睡了吧。

對的和貴的

（記得「哥哥」張國榮演繹過的程蝶衣嗎？程只是一種唯美和縹緲的象徵，因此，他只有毀滅；而與之迥異的段小樓才是世俗的常態和邏輯，所以，他活得滋潤。沒有誰只靠夢想和愛活著，但錢真的不是主導，重要的一定他是個「對（對眼）」的——當然，「貴（富貴）」的更好。）

簡墨老師：

你好！

說起來我感到很是徬徨：在我離開上海去海南工作前，處過一個男友，當時他沒什麼出息，我卻覺得順眼，因此沒有在意他是不是優秀，而且，您知道，在愛情裡，誰也不去計較那些。去海南前我提出和他分手，他因為自慚形穢，所以沒費什麼勁就分掉了。在那邊，經歷了一些波折——包括感情上的波折以後，我又回來了。真是三十年河東三十年河西呀，沒想到他現在事業很輝煌，也很有錢，人也似乎英俊有派頭了。說實話，我看到他今天這麼有出息非常後悔。想起以前他的種種的好，我就忍不住想去找他。你說還可以嗎？不會被他嘲笑和挖苦吧？還有，你討厭我那麼重視他有錢沒錢嗎？

愛過無痕

愛過無痕：

你好！

你沒有講到底是誰首先提出分手，分手的原因是什麼。因此，我就從兩方面來分析一下吧：

A、你提分手

識英雄於草莽，對女子講，從來都是一種大智慧。你卻沒等到他的鋒芒出鞘，便懵懵懂懂放棄掉，那真為你惋惜。不過，如果真的是你提出分手，而那分手又真的和錢什麼的無關，我覺得倒可以考慮見他。不妨側面瞭解一下他如今的生活狀況。如果他至今無法忘記你，你也無法忘記他，最重要的是：他仍然單身，那麼完全可以做個試探性的拜訪——記住：結了婚的男人是碰不得的，哪怕他是「寶玉、寶金、寶銀、寶皇帝」。

如果僅僅因沒錢離開的他，那麼找個他找不到的地兒躲起來，別去討罵。

B、他提分手

戀人間常有些撕扯不清、癡纏不已的關於「愛與不愛」、「愛多愛少」的傻問題。而自卑與自尊、傲慢與偏見等東西也常製造些人生的大遺憾。如果分手真的和司空見慣的「性格不和」無關，而僅僅因為他自認為「沒出息」帶給不了你富足的生活，對你至今懷戀不已，不思婚娶，那麼你最好去見他，馬上，告訴他你其實很愛他，澄清誤會。

如果是他審慎思忖後覺得不合適，那麼想也不要想，別去自討沒趣。

另外：我一點也不討厭你重視他的錢呀，不只看錢就OK啦。喏，記得「哥哥」張國榮演繹過的程蝶衣嗎？程只是一種唯美和縹緲的象徵，因此，他只有毀滅；而與之迥異的段小樓才是世俗的常態和邏輯，所以，他活得滋潤。沒有誰只靠夢想和愛活著，但錢真的不是主導，重要的一定他是個「對（對眼）」的——當然，「貴（富貴）」的更好。

愛情「Make」派

（愛錢也不妨礙相攜赤手空拳打天下呀？若實在賺錢不來，再不甘心，就一兩一厘地拎拎清爽：語緣＋眼緣＋體緣等不等於一世情緣？他好＋他對我好＋錢對他不好大不大於錢好？……算呀，掂量呀：果真值得，放不下他，那金錢就退隱；反之則退貨——退到他媽那兒去。）

簡墨：

你好！

　　大學畢業後，我從黑龍江追隨男友到南方來工作。那時，我是多麼崇拜他啊：在我眼裡，他英俊瀟灑，能力非凡。我為他做什麼都在所不惜。他是個野心勃勃的人，辭掉了銀行那麼好的工作，投資股票和基金，創辦什麼大專學校，投資了很多，可三年過去，我們的生活一直原地踏步，哦不是，可以說是明顯退步了，我們雖然買了房子，可是連鋪地板的錢都沒有，仍舊是水泥地（您說現在還有水泥地的家庭嗎？）他仍不能給我一個哪怕是百姓的生活：租民房，吃路邊攤，不敢結婚、要孩子……我失望了！簡墨姐，您是和您先生一起奮鬥過來的，您當時甘心嗎？不甘心怎麼辦？……沒有錢沒有前景的生活我真的過夠了！

　　心涼了

　　心涼了女士：

　　你好！

　　唔，沒誰和錢過不去呀？我一直在講我是紅塵女子是喜歡霓裳美食好書真愛的，它們哪一樣不親近親愛的Money呢？真愛尤其免不掉——鑽石是最深摯溫存的情人物語吶。愛情是非常敦實的，不用行動去表達，難道總紅口白牙、譁然如鴉地空說嗎？不醉不歸的青春期早已過了，如今的我是目光清炯的愛情「Make」派，不再是蒼白空泛的「Talk」派，而平生遭際的後者太多，前者又太少——不過我家先生一人而已。所以嫁了。

　　當然，黃金萬兩，還是不抵真情一分。我這樣測量：雖則當時我家死不同意，但他拋掉事業、榮譽和財產，不惜借貸從福州、上海輾轉來去，甘願被打，數年離索……唉，你說，還能在乎錢嗎？這樣真刀真槍、足赤足秤的「Make」，是否將現如今還只寫寫情書哭幾聲、花拳繡腿、少斤短兩的破「Talk」們，比扁了下去？哼，這樣比比，還真想扁人呢。你不付出，誰陪你玩？

　　愛錢而有度，是愛裡的法則。沒錢自然是不甘心的，不甘心就去賺嘛，有什麼好講？愛錢也不妨礙相攜赤手空拳打天下呀？若實在賺錢不來，再不甘心，就一兩一釐地拎拎清爽：語緣+眼緣+體緣等不等於一世情緣？他好+他對我好+錢對他不好大不大於錢好？……算呀，掂量呀：果真值得，放不下他，那金錢就退隱；反之則退貨——退到他媽那兒去。

斷了就斷了，透氣乾爽不滲漏，不留念想兒害那人——這也是「Make」風度哦。夠可愛。

收起你的大棒

（這兩個人的江湖戲份兒搭配剛剛好：她把前戲的楔子做足做細， 他把後續的謝幕調停妥當，中間的華彩段——戲份兒最重的部分鼎力配合，直到大家融融漾漾，一派祥和圓滿......OK！此間沒有誰該帶誰， 只有平分秋色，一點不厚此薄彼。）

簡墨：

你好！

我和丈夫結婚五年來一直相愛，也挺親密的。但最近一年多，事業有成的他不知什麼原因，那方面卻不行了，根本帶不動我。走了很多醫院也收效不大。我心裡很火，看他對我也沒有什麼熱情，連上街我主動拉個手都把我的手猛地甩開，真是沒有意思。我看他都這樣冷淡我了， 就提出分居，我帶孩子，他自己住房子。可他還大光其火，一百個理由似的，真是不可理喻！我是一個有血有肉有要求的女人呵，有時就不由地埋怨他，一埋怨他摔門就走，鬧得我都不敢說埋怨的話了，可是心裡真的十分痛苦......簡墨，我是不是該和他分手？

眉眉

眉眉：

你好！

埋怨不是聰明的選擇，分手更是下策：相愛為什麼要分開？不過是個生理障礙，不到鳥飛糧殘的地步。

想想他也許有苦衷：或者他少年得志，鮮衣怒馬，商場仕途，縱橫四海，但保不齊百密一疏，偏偏就累倒在溫柔鄉裡訇然淪陷；又或者他適逢老母在堂，上司不滿，或許再加上些脂肪肝、前列腺等等好聽不好聽的癥狀......當時循例非但不給他溫言款語、弄不好還把他踢下床去......咭，那就慘了：他這一生也許就行不了啦！

果真有苦衷的話，那這人多半倒是有救的：他無辜＋無奈，不能不許他說「不行」，而有度的（不能攙雜一絲的虛假）的鼓勵則是最佳的丸藥，且沒有任何副作用；或乾脆放棄這次，但不罵不諷，聰明地鋪被溫床，喚他休憩，貼心貼肝地安慰他：這算什麼？老虎還有打盹的時候呢。來日方長，待咱兵精糧足，再下此城！

　　所以說男人的寶貝命根是男人身心的最脆弱處，而女人的溫柔則無往而不勝──這兩點，在性裡表現得尤其深刻：你打擊他，奚落他，它就更不出息；你溫柔對他，款款慰他，它便虎虎生威。唉，誰叫男人天生是孩子，都屬吃軟不吃硬的主兒？女人因此就必須學會在愛和性裡多一點責任，少一點責罰。

　　仔細想想看，這兩個人的江湖戲份兒搭配剛剛好：她把前戲的楔子做足做細，他把後續的謝幕調停妥當，中間的華彩段──戲份兒最重的部分鼎力配合，直到大家融融漾漾，一派祥和圓滿......OK！此間沒有誰該帶誰，只有平分秋色，一點不厚此薄彼。

　　看醫生還是必要的，同時審視自己做得如何？大棒政策是行不通的，在情或慾裡都是一樣。

那時花開VS 心靈的癌

　　（就那麼守著人家，人家守著別人，有意思嗎？自取其辱。而且，自由和落拓間的代價怎麼換算？爬山虎一樣轉瞬就溜上臉的皺紋又怎麼抵擋？看看人家卓文君，雖當壚賣酒那麼困頓毅然委身，司馬變心後卻「聞君有兩意，故來相決絕」，多麼大氣！那才是鏗鏘玫瑰呢──雖然這玫瑰老了點。）

　　簡墨：

　　你好！

　　說起來傷心啊，沒想到曾經山盟海誓的老公居然和我分手了！而且閃電般地結了婚！我懷疑他早找好了，舊的沒去新的就已經等著啦！可是簡墨你瞭解，我們女人是不能背叛愛的，我們不習慣另外的身體，甚至心理上也不能接受！最近，朋友們也給我介紹了不少她們覺得各方面都合適的

人了，可我就是覺得他們全部都哪方面都不合適。有一次人家好心安排相親，趁他們去點菜時，我飛速地逃跑了，朋友在後面追都追不上。快兩年了，我還是不能忘記他！……是啊，他負心，他背叛，可他好，我愛他！簡墨你說，我是不是太賤了是不是有病呀……

綠袖

綠袖：

你好！

真的怕聽到這樣直指人間涼薄的事情了，可一直在聽。

還真的不能把感情事看得過了：婚姻說到底不過是指間繞來繞去的橡皮筋，來來回回，就那麼幾番花樣，熟絡透了。好的呢，就如此一直繞下去，到手指倦極而僵；一個不小心，玩脫了手，便不知去向，也落得一手傷害——喏，不過「還有半杯水」和「只有半杯水」意義上的分別，本質上一般無二，也根本沒有什麼五十步、百步之間的笑與哭。

看得過輕，失於遊戲，傷人；過重，太深入戲，則不免自傷。正如釀酒：生了有青氣，熟了有糟粕，而澄澈甜香的的尺度把握好了，方顯見得渣滓濾去，醉心明闊。自然看得重有重的理由，譬如說年少的情深意濃。但，那時花開，再美也已開敗，難道就任由那些花兒釀成今日你心靈的癌不成？

唉，就我三十大張的人生來看，人類中女人這一支究竟還不算運氣太壞的種群：蠢笨點的可以在樹下挑選野果，伶俐些的可以自己找蟲吃，沒有什麼依傍別人的道理。精神上也一樣。李碧華在劇本裡寫：「我們要自個兒成全自個兒。」就那麼守著人家，人家守著別人，有意思嗎？自取其辱。而且，自由和落拓間的代價怎麼換算？爬山虎一樣轉瞬就溜上臉的皺紋又怎麼抵擋？看看人家卓文君，雖當壚賣酒那麼困頓毅然委身，司馬變心後卻「聞君有兩意，故來相決絕」，多麼大氣！那才是鏗鏘玫瑰呢——雖然這玫瑰老了點。

細細瞧來，重情重意的男人滿坑滿谷，從來也不會荒了山頭。把那時開的破花兒們用纖纖玉足撚得粉碎吧，把心靈的癌全部祛除。其實「看萬山紅遍層林盡染」這樣的語境明明是說的當下的暢，絕不是教你去遙想和懷念的傷。張開眼睛，看呀！

舊愛一段香

（ 或許你說忘記不是一件很容易的事，而忘記的捷徑是投入新的愛情。
將清新青澀的舊愛耳光送走，傾情下一場心智成熟的戀愛。人生是個變數，
沒有什麼不可以褪去，舊愛也一樣——之所以叫了舊愛，便是新的變舊了，
更新的終要來。 ）

簡墨：

你好。

我和他高中就開始談戀愛。6年的時光那麼美好，轉瞬已成過去。我是
個事挺多的女孩子，一直對他有這樣那樣的不滿，最後我乾脆不要他了。他
一傷心就走了，離開了我們共同擁有那些記憶的城市，去到南方打拚天下。
而今已經是音信全無了。我有時很迷茫，覺得分手有那麼多的原因，又似乎
並沒有什麼原因，想啊想啊，把自己搞得精疲力盡也想不出個所以然。愛情
到底是什麼呀？為什麼想像中和現實中的總對不上號？為什麼離開了反而念
起他那些好來？為什麼我提分手他就同意，哪怕恨得他牙根癢癢以至於在手
腕上刻上傷疤也不向我求饒呢？......愛情真的是個難題呀！我現在心灰意
冷，不再相信什麼愛情......

蒼老

蒼老：

你好！

說到逝去的愛，想起寫《病梅館記》的龔自珍。他在幕僚時，愛上某高
官的妾，一個慧質蘭心的才女。龔自珍和她，用滿語聊天，用漢語寫詩，用
蒙語唱歌。當真是曼妙無雙。她愛穿白衣，於是他就寫：一騎傳箋朱邸晚，
臨風遞與縞衣人，而她依門而待，等那個人的情詩。可最後龔被那高官派人
追殺，這段愛情也無疾而終。他寫：狂來聽劍，怨去吹簫，兩樣消魂味。舊
愛暗香，此中鬱鬱，古今一般同。

然鬱鬱不是辦法。亦曾有8年的不怎麼亞於龔的初戀，由於中間操作失
誤，扔掉了。無論是多麼美麗的人和事，都會成灰。那就成灰好了，儘管近
在咫尺，卻不去惹起塵埃。青春就是這樣：有愛而不得的焦灼和不安，愛而

終得的喜悅和歡暢，柔密無形、沒頭沒腦便糾結纏繞了那樣美麗年輕的心！而好了鬧了合了分了，也沒有什麼道理。看開去。

在非洲某國情人分手時會擺宴席，款待親朋。以示好聚好散。這樣的人生哲學，很是灑脫。他們會在酒足飯飽之後，即將結束的愛人兩個，站在眾人面前，各自掄圓手臂，搧對方十個耳光，以為紀念。很好的方式呀，比唧唧歪歪、沒完沒了強。 或許你說忘記不是一件很容易的事，而忘記的捷徑是投入新的愛情。將清新青澀的舊愛耳光送走，傾情下一場心智成熟的戀愛。人生是個變數，沒有什麼不可以褪去，舊愛也一樣——之所以叫了舊愛，便是新的變舊了，更新的終要來。

或許舊愛的意義也僅僅如此：暗暗的一段香，淺淺的一段香，一寸寸地落，直到成灰，在記憶裡飄散、駐足，做了新愛的肥料，再葳蕤一樹繁花。

真愛沒道理

（很多時候真愛像那最美的文字：簡潔，雄奇，恣意，沉鬱，可以愛以載道，可以流觴千古。而塵世中的人們多不敢輕言真愛，因為怕童話一旦染塵就變成令人心驚的午夜夢徊。有那麼多怕的東西：太窮，或者太富；太醜，或者太帥......我們東不成西不就，遊移之間青蔥歲月就只剩下了蔥頭。 ）

簡墨：

你好 ！

我是一個在眾人眼裡有點差勁的女孩，屬於一般人吧，還傻乎乎的，就一個愛好：吃。可同周圍朋友比起來，運氣應該算很好、很好的：我的男友拒絕了那麼多漂亮、聰明的女孩，偏偏看上了我，追起了我。我也曾經暗戀他的，但從來沒有奢望他看上我呀。到今天我都有點做夢的感覺，沒人了掐一把自己試試到底是不是真的。他十分有錢，溫柔細心，脾氣很好，而且很帥。簡直就是很完美。可我的周圍，包括父母都認為我們不怎麼般配，說男人太有錢、太帥了不是什麼好事，覺得今後我一定吃虧，到那時候就晚了。可我們真的在相愛。不是別的，就是真心喜歡 ！難道男方一定狗屎一

樣才非他不嫁、才算真愛嗎？......

朵朵

朵朵：

你好 ！

任何事情都不是絕對的——不帥而沒錢的壞蛋也不少，只是鮮有傳播罷了。當然，有錢或俊朗的男人裡是有敗類，但不是所有男人都那麼沒品一定要陸溫斯基一把才覺得夠本嘛，我認識許多優秀的男士——不乏才、財、貌俱全的，在外交上他們都有禮有度。我自己倒覺得由於經濟的狹窄、素質的欠缺，反而多少是愛情經不得風浪的潛因——他沒見過世面，來一個算一個，略略風騷一點的女人就能讓他暈菜。那才危險呢。

說起真愛就讓我想起先秦的文字——我一直覺得，中國古典文字當以先秦為最美：既有孔子的言簡意賅，老子的大氣沉雄；也有莊子的汪洋恣肆，韓非的郁烈耿介......無不華美絕倫，並能文以載道、流觴千古。很多時候真愛像那最美的文字：簡潔，雄奇，恣意，沉鬱，可以愛以載道，可以流觴千古。而塵世中的人們多不敢輕言真愛，因為怕童話一旦染塵就變成令人心驚的午夜夢徊。有那麼多怕的東西：太窮，或者太富；太醜，或者太帥......我們東不成西不就，遊移之間青蔥歲月就只剩下了蔥頭。我們在不停的相遇、相聚、相愛、相離中純熟了手法，也磨蝕了感動，於是，一場場地路過、錯過，在那個人出現之前，大家註定要飛翔和疲憊，然後寂寞。我們虧死了。

愛情就是愛情，一種純粹的情感體驗而已。時間、地點和錯對都是認為劃分和附加上去的。受各種限制的愛情是社會化了的愛情（包括太優秀都成為缺點），而除掉一切附加，真心喜歡一個人原本是這世上最簡單的幸福。有點自信好了，你的信都寫得很可愛呀。不怕那麼多，可愛的女孩。

放下「貪嗔癡」

（放下「貪嗔癡」，不執著於人生之樂，不絕望於人生的苦，是先哲的智慧。而你的問題恰恰在個「癡」字，或者還羼雜些許「貪」和「嗔」——他不是你的，你的怨毒也沒有什麼道理。其實，一切的功名利祿還不是我們手上的油泥？我們除了自己的身體，還能真正擁有什麼？看得開，容得

下，正是活著的大道通途。）

簡墨：

你好！

我的男友居然一聲不吭地走掉了！在一個我完全沒有覺察的早晨。我醒來一看，他把他所有的東西都打包運走了！我都不知道他什麼時候偷偷收拾的！沒有任何的徵兆，連蛛絲馬跡都沒有。我們已經在一起同居很久，並且也算情投意合吧（否則，我本來很傳統，也不會和他瞞著外地的父母和他住在一起的，他們一直以為我和幾個女孩子合租一套房子），我本來以為我們只差那一張婚書了。我幾乎崩潰了。……兩年已經過去，他沒有一點音訊，而我的痛苦也絲毫未減，我甚至有了天涯海角尋找他的想法，我恨他，離不開他……

任盈盈

盈盈：

你好！

很多人都罵娛樂圈裡愛情的來來去去，走馬燈一般，我倒很佩服他們中的有些人追求愛情的勇氣：任爾東南西北風，我自歸然不動──活在當下，N場戀愛都當成初戀，絕對全情投入。

圈外的很多女孩子卻常常透著糊塗：一是一遭被蛇咬，十年怕井繩──條條毒蛇都咬人，離開了「烙鐵頭」，說不定再碰上「竹葉青」。二是離開了那條蛇，還老惦記著他，思念著他，為他心碎為他醉，好像從此天下再無男人似的。傻不傻呀？

唔，這樣勢必帶來兩個後果：一是貽誤了大好華年，而男孩子們又都吃蜜一樣糊弄個把女的，湊湊合合就結婚，再優秀的女孩子也落了單；二是──這個「二是」可就嚴重了：挫傷了我們愛的能力。就其嚴重性來說，不亞於男人失去了性能力。

在你的生命裡，他已然是個完全不相干的人，或者已然算個墓碑。記憶像凋零的葉子，那些新綠早已埋在時間刻度的前端，惟有鋪天蓋地的糜腐氣息滯留在它的尾部。可你還在這裡憂傷──幸福或者不幸，似乎都沒有憂傷過癮。一個「墓碑」主宰了你的情感，而你不是孀婦。是不是比古代牌坊村

的一村烈女加一塊兒都冤？

你唯一能做的就是一遍一遍地告訴自己：我們的心相遇過，為此，我要感謝他曾經給過我那麼美好的一段愛情。

如果做不到那樣感謝，仍要這樣感謝：感謝上帝，感謝他這麼及時地把那條狗帶走——既然這樣地不肯原諒，就當那人是條曾經養護自己走夜路的狗好了。

唉，能原諒還是原諒的好，因為我們還得戀愛呀——戀愛是多好的一件事！想想看，除掉上學、上學、上學、工作到老……一生中能調劑我們身心的新鮮玩意兒根本沒有幾樣。我們哪能因為一個不值得的人而喪失了愛的能力！看來你蠻熟悉金庸的，不妨打個比方：只有愛情的女人是可憐的，如穆念慈；而沒有愛情的女人尤其恐怖，如滅絕老尼。我們不甘心當前者，可是如果必須當其中之一……那我們還是當「可憐」的那一個吧。女人少了愛，除了萎謝的宿命，還能怎樣？放眼看去，哪個女人低著一張特別爛的臉，打聽打聽，十之八九正為愛煩惱呢。

放下「貪嗔癡」，不執著於人生之樂，不絕望於人生的苦，是先哲的智慧。而你的問題恰恰在個「癡」字，或者還羼雜些許「貪」和「嗔」—— 他不是你的，你的怨毒也沒有什麼道理。其實，一切的功名利祿還不是我們手上的油泥？我們除了自己的身體，還能真正擁有什麼？看得開，容得下，正是活著的大道通途。

在遇到你的王子之前，也許註定要路過些其他傢伙。說到底，還是應該感謝呀：感謝過去了一個，離愛人更近了一步。

這個世界上沒有誰離不開誰這碼事。說個略嫌涼薄的話：我們壓根兒沒有想像的自己深情，只是我們總不肯承認真相而已。

紅顏紅塵擾

（人在年輕時的許多錯誤是無心也是不自知的，倒是許多許多年過去，猶如漫長午睡後的甦醒，我們才收到命運郵寄給我們的真相，可往往已經太遲了。學習主動選擇和自己思考吧，這不是一件容易的事，而且關乎生活的點點滴滴。有時候，戀愛只是一個比方。）

簡墨：

你好！

我今年28歲，是個美麗、溫柔、嫵媚、聰明的女孩子，從小我就立志當一名優秀的電影演員。可以說，我是女孩子裡的佼佼者。可不知為什麼我一直找不到我的另一半。一個多月以前，我在網上遇到了一個男人，他說他是北京一家電影雜誌的編輯，能夠透過圈裡的朋友幫我聯繫到適合我的角色，他說我透過網路發送的照片已經遞到了一個大導演的手裡。我感覺到他是真的喜歡我，而且真心真意地幫助我。可老腦筋的父母硬是說他不可靠，千方百計阻撓我和他談戀愛。一直很羨慕你的真正的愛情和優遊的生活，也渴望你能告訴我，為什麼女孩子的優點我都占全了還不如一般人生活得好？是不是真的紅顏多薄命？現在我又該怎麼辦？

阿姣

阿姣：

你好！

記得李碧華說過：男人晤剛，女人晤姣，魚蛋晤鮮，最壞風水。這個「姣」用得很絕，它有美麗溫柔嫵媚和聰明的意思。

你不要怪我給你澆冷水──我要告訴你的是：

一、或許你是美麗溫柔嫵媚聰明的，或許不是。因為一個真正美麗溫柔嫵媚聰明的女子是不會自己這樣紅口白牙對別人講的；二、或許你的確是美麗溫柔嫵媚的，但一定不夠聰明。因為一個聰明的女子是不會問別人自己的事情要怎樣處理的；三、或許你以往是美麗溫柔嫵媚聰明的，但至少現在絕對不是。因為你已經昏了頭，急切得沒有了一點風度。你需要靜下來，仔細考慮了，才可以說和問。

我自己的觀點：你這個年紀的人要想在影視圈混出頭有點太難，這條路選擇委實為時晚些了。

愛情更是一個稍有差池便抱恨終生的事情。恕我直言，我一向對網路這東西抱有懷疑，除掉它是極其便利的郵局、銀行，可以藉此發送稿件換取MONEY之外，我不曉得是否網上任何一段熾烈的戀愛，都是在人類之間展開。即便你講那個電影雜誌的編輯確有其人而且那人真的是個男的，你此番

「戀愛」也是玩火。不要恨父母,沒有理由不讓父母為女兒和陌生男人相識一個月的網上戀情而擔心。告訴你,我也是在做錯了許多事情之後才懂得我的父母原是對的。羨慕我什麼?我是滄海桑田歷盡的人,總應該得到些回報才是。愛情便是其中之一,優遊卻無論如何不是的。這是代價。

算是建議,如下:

一、該幹什麼還幹什麼去。28歲,女,至今未婚,且事業傍徨,也算命運多舛了,是不是實際一點,放棄掉當電影演員這個應該是18歲的念頭?

二、網路上的朋友不可以輕易談及終身。奇遇是有的,但不總是緣分。芸芸眾生,撐死了統共有那麼幾個藍顏色或紅顏色的知己,結縭的更是一次僅有一個。慎重是必要的。玩火可以,但一定要有滅火的本事才玩得;三、積極地等待真愛的到來。所謂積極地等待,就是不要亂了方寸,以年齡而急切湊合了事,風物長宜放眼量,要懷有希望和信心,更不可以消極地騎驢找馬——你知道這樣非但馬找不到,驢也會反戈把你摔下來的;四、明天就廣託親朋諸友:這裡還有顆夜明珠;開始留意大街小巷:優秀的未婚男士們,注意了,我是美麗溫柔嫵媚的;或乾脆速配徵婚,我不信如果你真的是夜明珠,萬水千山走遍,滿大街就沒有一個識貨的——「紅顏薄命說」是薄命的說的,真正的紅顏們大都活得滋潤著呐。

人在年輕時的許多錯誤是無心也是不自知的,倒是許多許多年過去,猶如漫長午睡後的甦醒,我們才收到命運郵寄給我們的真相,可往往已經太遲了。學習主動選擇和自己思考吧,這不是一件容易的事,而且關乎生活的點點滴滴。有時候,戀愛只是一個比方。

女人的隔壁

(我還是主張在愛情裡要嘛「都」,要嘛「都不」,兩人是完全平等的,觀點、步調是基本一致的。具體這件事就是要嘛都「點燈」,要嘛都「放火」——雖然我堅決反對「放火」。無論男女,可以略略犯賤,賤犯大了就討厭了。)

簡墨:

你好！

　　我很喜歡網上交友，事實上，我的網友們都十分機智幽默，我從中得到不少樂趣，有時候，我們一大幫男女網友也會AA制聚餐，甚至我們還會結伴到另外的城市去會見其他的網友，您想，一大幫人在一起，很透明，很快樂，能有什麼危險？但我先生對此就是十分不滿，為此經常和我吵架，說我這樣下去很危險，會影響到家庭幸福。開始我接受了他的意見，慢慢減少和網友的交往，直到有一天，我偶然發現，他和一些女網友過往更是十分密切，都互相傳「悄悄話」說話，背人沒好話，他們能說什麼好話？天！我開始懷疑我挑人的眼力，他怎麼可以當面一套，背後一套！

　　程小莉

　　小莉：

　　你好！

　　其實，我有時候喜歡看飯局上的男人們犯點小賤——多好玩呀。他心裡有點癢癢（其實你心裡也有點癢癢），但只要他口裡不說，手上不碰，或者約束、挾制著他，讓他不能說和碰，那這樣的交往就算不得什麼不道德。

　　同樣，和網友交往也是如此：人都需要交流，而很多人把網上談天作為一種放鬆自己的方式，男人尤其如此。他有很多事情要做，他有很多壓力需要釋放，喏，網路遊戲乃至網路聊天就成為了載體。不是說女人事情少，不需要放鬆，女人們放鬆的方式應該很多的——譬如購物，譬如女友聚在一起唧唧喳喳——你見過男人「血拼」、男人唧唧喳喳的嗎？不多。成年男子們沒有多少玩樂可供享用。他們的精神世界裡有著千奇百怪的念頭，其實無非都是些符合人性的東西。古今中外點明男人本質的哲學、文學讀本實在太多，只需略讀一二，便能知道個大概。而女人關心的範疇大都是關於自身的那部分，也就是男人對愛和性的態度，所以，就把男人同網友交往看成是洪水猛獸了。其實真的未必。聽過那則笑話嗎？——一婦人向心理醫生哭訴她的丈夫總是喜歡圍著女人轉，醫生說：「街上總會有小狗追著轎車跑，但並不意味著牠想駕駛啊！」男人是種生來熱愛自由的動物，你限制他如同扼著他的咽喉。你想讓他時刻對你說「我愛你」，上街眼睛都不能左右瞟一瞟，那我想這世上一些男人寧願死去——好男人不是管出來的。

　　說亞當和夏娃是一體，那本來是上帝閒著沒事逗你玩。男人不過是住在

53

女人隔壁的鄰居，是獨立存在的個體，壓根兒就沒有、將來也不會完全合為一體。不要努力想完全佔有身邊的他，否則你失望去吧。

我還是主張在愛情裡要嘛「都」，要嘛「都不」，兩人是完全平等的，觀點、步調是基本一致的。具體這件事就是要嘛都「點燈」，要嘛都「放火」──雖然我堅決反對「放火」。無論男女，可以略略犯賤，賤犯大了就討厭了。大家都有自己的朋友（包括網友）圈子，又有時相互交叉，所有的活動都大方、透明，既尊重人性又尊重愛人，有「獨樂樂」，又有「眾樂樂」，多好！要不日子過得像開會，多沒勁。

當然，這位女友一定比我更瞭解她家先生──如果他平日裡就屬於「吃著碗裡的看著鍋裡的」的那種，不如明確挑明：「你這樣我不喜歡、老這樣乾脆分手」的好，以免將來發現一地的嘔吐物，還要自己做清潔。

愛情不是「扮家家酒」

（最好等等吧，等知道你們都知道自己到底想要什麼的時候再說吧：那時要嘛和他，要嘛和別人。現在？自個兒待著。唉，真的該晚點結婚吶，我們中有誰在30歲之前真的明白自己想要、能要什麼啦？都是淌著走，有的淌上了蜜，有的淌上了雷。）

簡墨：

經朋友介紹我認識了他，我欣賞他是個生命力非常旺盛人，能大口喝酒、大口吃肉的男生，和他在一起，有時覺得很平凡的事情都能閃爍出不平凡的光輝，他也似乎也很喜歡我！那時我很單純，很任性，很孩子氣。那次我們有十天沒見面，見面後他突然說要分手，只當我是妹妹！我當時整個人都懵了，為什麼一切原是好端端的突然變了？三個月後我給他打電話，他告訴我要結婚了，我才明白我只是被一個花花公子騙了。我以為能努力忘記他，可今年六月我們再碰到，他說我比那原要結婚的女孩子漂亮懂事，因為她笨，他竟然打了她一頓。為什麼他要比較後才能發現我的優點呢？後來他給我打了幾次電話，我都在外地，我說等我回家後和你聯繫好了。我們見面後和他的朋友一起去唱K，那一夜我沒有回家，我們在一起了。我忍不住找他問清楚我們是什麼關係。他說我們是朋友。我當時感覺自己是一個真正

的傻子，被同一個人騙了兩次，我質問他，他說當初挑選另一個女孩就是因為她從不在他累時吵他，可是我很任性一直在鬧他！他說完這些後，我轉身就走了，可他後來又再找我，離不開我，我們又糾纏在一起了。我們的這種感情到底該何去何從呢？

娜娜

娜娜：

其實，讀到這封信的第一個感覺就是（用你原信中的詞語概括）：哦。這兩個人都很「任性」。「單純」倒不至於吧？──你覺得我說得不夠動聽？哎，醒醒好了，夠客氣了我，人家會當著你的面把嘴撇到耳朵上去！任性就是不懂事兒。愛情的基礎應該是些個美好的、深刻的東西，質樸而曼妙，有時還模糊一點、有嚼頭一點才更好。唉，你看你都理解成啥啦？整個兒一地雞毛。「生命力旺盛」呀、「能大口喝酒、大口吃肉」呀，豬都可以的。也許你的意思是說他具有活力，豪爽，有男人味兒，但你好好說呀，如果只用這等語言對他表白，他能深愛你才怪！你的不對也許是因為你是個女的，女人的任性嘛，勉強算是傻得可愛。但他的不對就是「翻手為雲覆手為雨」、「欲加之罪何患無辭」的男人的任性了──男人任性簡直就是個笑話了，簡直不可饒恕。咶，無端說「分手」，隨便說「結婚」......哦，他因為那女孩子「從不在他累時吵他」而喜歡她，又因為「她笨他竟然打了她一頓」，他因為你「漂亮懂事」而和你「在一起了」，又因為你「很任性一直在鬧他」而只承認你是他「朋友」......呵呵，他以為他是誰呀？實話講，我認為你們的愛情壓根兒不成熟，就像你們的人一樣。所謂離不開的原因，說白了就是身體的吸引。咶，你有個詞倒說得十分準確：「糾纏」。這份愛只配「糾纏」，又不值得「糾纏」。

我的感覺，如果等得起，就等你們長長大好不好──或許你們的年紀不是太小，可你們的愛情太「小」了，「扮家家酒」一樣，中學生般幼稚，卻又沒那麼純潔。多學習些知識，哪怕只學習戀愛知識；多看點書，哪怕微讀點《讀者》甚或《知音》那樣的。如果等不起，就別找來找去的，BYE-BYE吧。因為這麼剪不斷、理還亂的「愛情」，繼續下去只會成為一場扯淡。到那時候就難看了。

另外，你現在一定很煩惱，我勸你把精力轉移一下，不要只想戀愛這點玩意兒。其實，真正的愛情常常是摟草打兔子──順便的事兒。

最好等等吧，等知道你們都知道自己到底想要什麼的時候再說吧：那時要嘛和他，要嘛別人。現在？自個兒待著。唉，真的該晚點結婚吶。我們中有誰在30歲之前真的明白自己想要、能要什麼啦？都是趙著走，有的趙上了蜜，有的趙上了雷。

哎，跑題了。就此打住。

伸頭也是一刀　縮頭也是一刀

（別管那些女權主義者怎樣渲染女人的獨立性，這世上的大多數女人還是需要男人做伴，走過一生。人生如同一條環環相扣的鎖鏈，前面的一環早已和下一環搭上了暗鈕，如果其中的任何一環亂了或是斷了，後面的連結也許便從此改變。選擇愛人便是最初的連結裡最重要的一環。）

簡墨：

您好！

呃，怎麼和您說呢？我愛上了一個別人眼裡的「爛男人」。

我們相識在飯桌上。他一見我就開始追我。追的十分熱烈。我動搖了，開始和他談戀愛。沒談一個月，我發現他竟然欠了一身外債。還開始找我借錢。好在不多，我借給他了。平時上街，我們只能吃幾塊錢的東西，我有想要的東西，也不敢說，得自己偷偷地買。他看著也挺忙的，可不知為什麼就是賺不到多少錢，有點錢就得還債。

和他相處都快累死了。可又有點離不開他。一來道德上有點說不過去，二來自己也怕孤單。我的朋友都說我傻死了。跟著這樣的人註定一輩子是要吃苦的。

去意徘徊中，我該怎麼辦呢？

王非

王非：

你好！

你問我「怎麼辦」？我看就是照他要害處猛砸，砸得更爛才是。

咭，這人不能說是「別人眼裡的爛男人」，應該叫個「不折不扣的爛男人」——男人做到這份兒上，乾脆變性好了。

　　如果「他竟然欠了一身外債」而不「還開始找我借錢」，那還罷了，你那點婦人之仁還算放得是個地方——落魄的、無能的男人常常是枚糖衣砲彈，擊中女人的惻隱之心——翻翻那些宋元話本就知道了。問題是他把你當成了印鈔機和榨汁機——女人能擁有多少？無非自己的溫情和身體，他居然忍心統統搜刮了去！

　　不要再付出了吧先，無論金錢還是愛情。因為你每次的「給」，都成為「拿與給」的下一個回合的炮引子，且最終把原本並不牢固的愛情營盤炸個乾淨。這是場災難。一個人窮不可恥，沒有能力也不是恆定的——沒有什麼不可以改變。但一個人沒有尊嚴，就足以叫人看輕，他的愛情又有幾多價值？愛情是樁體面的交易，愛情又有別於母親和孩子之間單方付出也可成例的法則，它必須基於雙方的甘於奉獻和絕對平等——你可以不「拿」，但必須「給」。你只想「拿」，連「給不了」的歉疚都沒有，一邊兒涼快去吧——這種人物兒也夠奇貨可居的。我們要嫁的男人他得內心澄明乾淨，起勁兒地給予感動我們的那種東西（哪怕他沒錢），叫咱活得熱火朝天的，才算有種、夠男人，而不只是不知饜足地「要」。

　　當然，分手勢必是痛苦的，但這個世界上誰離了誰都可以活，沒有誰是誰的的道理。及時發現了他不合適而已，不礙什麼道德不道德的事。而分手就像兩個超級大國冷戰，你不動用智慧和果敢，任由它無序地持續下去，必然導致更大的混亂和不安。選擇一個合適的男人對女孩子來說有多麼重要！別管那些女權主義者怎樣渲染女人的獨立性，這世上的大多數女人還是需要男人做伴，走過一生。人生如同一條環環相扣的鎖鏈，前面的一環早已和下一環搭上了暗鈕，如果其中的任何一環亂了或是斷了，後面的連結也許便從此改變。選擇愛人便是最初的連結裡最重要的一環。你的這個「環」顯然是銹蝕爛掉啦。如果竟還有女孩子愛上他，那讓他到別人那裡亂搭亂鈕出醜去吧。丟掉不要也罷。

　　看得出你是個好心腸的女孩，但愛情臨到收鞘，還是需要拔刀重生的勇氣的。伸頭也是一刀，縮頭也是一刀，你再怎麼猶豫還免不了這段愛情的瀕危——你希望黃著臉拖了孩子去賺命和他打離婚嗎？趁著還能退步抽身，為了將來不加入浩浩蕩蕩的怨婦隊伍也引頸自領了這一刀吧。

你不墊底誰墊底

（焉知這樣耗下去不傷感終身白髮蒼然、成為這段愛情的遺孀？愛情對等才被稱為愛情，愛情不對等了那叫——悲情。與其做了拘手拘腳、寒窯苦等18年也等不來愛情的青衣王寶釧，不如演繹一把敢愛敢恨、撒漫開來、笑了罵了、自己舒坦的花旦李翠蓮。花旦都是比青衣更讓人讓己更輕鬆、更愉快的一個行業。）

簡墨：

你好。我很不幸，因為丈夫有過一段長達5年的婚外情。他現在雖然留了下來，但我十分清楚他的內心有過痛苦的掙扎。我太瞭解他啦。他一直認為他和那個女人之間才是真愛，也曾經這樣明確大聲告訴我。可是，我對他的、何嘗就不是愛？現在，我總感到他依然心有不甘，他人留了下來，卻整天回家難得有個笑臉，沒有什麼好氣。或許心裡怨恨我阻撓了他的幸福吧。能夠看得出，他早就藉工作忙來逃避我，也麻木他自己。

我說我沒做過什麼錯事啊，他卻說你得了吧，人都被你逼走了，你還想怎麼樣？我留住了他的人卻得不到他的心，他的心已經跟那個女人飛走了。我才像一個局外者，像多餘的。現在我看見他接電話都心驚肉跳......

小謝

小謝：

你好！

先說點題外話好嗎？

記得小時候去劇院看雜技演出，總為飛車、頂人、疊椅子之類節目的最底下的那個人懸心：算了，下來吧，知道你很厲害了。你累不累呀？咳，目前你的情況就是墊底的那個人：別人在你的頭上，追光緊隨、華彩流轉、郎情妾意、倩舞翩躚，你呢，手扶肩扛，腳步踉蹌，眼睛緊盯人家，還得裝作若無其事，甚或強作歡顏......大凡世間百態種種，莫不如此：在不勢均力敵的搭配或角逐裡，總有一個飲泣當歌的人。而這種「飲泣」還要「當歌」的結果到底該歸罪於誰呢？事情到了這種不可逆轉的地步，還得從個人身上找原因：他婚外情都5年了！5年中你幹嘛去了？5年啊，能阻止早

阻止了，要不就是你不作為，要不就是那人去意已決。這樣的愛情的殘缺，真的是一腳踏空的辛苦。5年的時光在青春裡不算短，5年辛苦捱過來，怕是感情早已病入膏肓。唉，在愛情裡，一旦需要時刻去捱，還有什麼不可以割捨的？愛情在婚姻的套子裡，灰塵在套子外。蒙了塵的愛情不可以搭救殘缺成一地碎片的婚姻。婚姻的本質是怕退貨。其實，誰退誰還不一定呢——煩他「難得有個笑臉，沒有什麼好氣」，煩他「藉工作忙來逃避我」就是了，這世上有意趣、識情趣的人也應該並不少吧？何苦在他這裡被人奚落被人瞧不起？男人有時賤呀，你越纏著黏著，他越躲著繞著，不像女人，人家纏著黏著便沒了轍。

不要看前途漫漫，怕遇不到可心的人——焉知這樣耗下去不傷感終身白髮蒼然、成為這段愛情的遺孀？愛情對等才被稱為愛情，愛情不對等了那叫——悲情。與其做了拘手拘腳、寒窯苦等18年也等不來愛情的青衣王寶釧，不如演繹一把敢愛敢恨、撒漫開來、笑了罵了、自己舒坦的花旦李翠蓮。花旦都是比青衣更讓人讓己更輕鬆、更愉快的一個行業。

我欣賞那樣一種女子：男人心走了，自己卻清清朗朗，爽爽快快，不隱諱，不怨怒，只撣撣風塵，有骨氣、有擔當，拼氣力活出花兒來——氣死那人，美死自己。這才是對付背叛的至上聰明。

阿玟、喬喬、小七等類似遭遇的朋友，這裡就不一一回覆了，請諒。

吞掉全部「剩煙頭」

（這樣地不甘，這樣辛苦地「戰鬥」著，心卻在游離出一朵朵黴菌，上面密密麻麻反來復去就寫著那幾行忐忑不安、強打精神又早已自認的句子，諸如「我虧大了」、「你欺負誰」、「老娘搞臭你」云云......有什麼勁？唉，已然輸掉了愛情，何苦再搭上自尊？況且，愛情不是死心塌地就有結局。）

簡墨：

你好。我今年34歲，已婚8年，有個5歲的女兒。婚後我們生活得並不幸福，先是爭吵，後是賭氣，現在剩下的就是冷戰。我們平日裡基本是各忙各的，現在已經到了誰也不關心誰，誰也不過問誰的地步。因為家庭氛圍已

經冷到了讓人不想開口。他有了外遇，而且也並不打算隱瞞我，他說他是真的愛她。我知道自己或許已經不愛他了，因為之前他就早已有幾次背叛過我的跡象。但是我覺得在經濟上、生活上我都離不開他的幫助。我勸過他，可是沒有用，於是我又偷偷地找那個第三者談話，後來我不放心又找到她的單位，跟她的上司說了。但被他知道後引起了他極度的反感，他跟我大吵了一架，說他現在不僅不愛我了，還鄙視我的為人！

苦艾

苦艾：

你好！

唉，說你什麼好呢——本來可以幹得漂亮，卻弄得自己這麼灰頭土臉。

千萬不要以為女人委屈、示弱是壞事，你知道有類人就是吃這個的——那類人統稱男人。委屈是她的資本，示弱是她的手段，憐惜是他的本能，留下來便成了他的選擇。喏，我就有點怕這樣的——你強你叫囂你能耐大咱比比看！你弱你默默流淚你無用我……讓給你吧。幸福，或者悲傷，似乎都沒有委屈安全、沒有委屈有力量。真的，委屈是個機會，是個展現自身魅力、黏住男人身心、並有可能將日薄西山的婚姻逆轉成重新噴薄而出的愛情的絕佳機會，生命裡有那麼一次不大不小的委屈簡直是老天對你的眷顧呢……委屈多麼值得試上一把！

可惜呀，你卻生生把它浪費掉了，而且面臨被顛覆的危險。曉得吧？男人的出軌分為兩種：一種是身心分開的、不過是偶或偷雞摸狗的一點路數，有得救；一種是身心合一的、蓄謀已久的、他認為無比神聖的真愛，任你是天人也絕無回天之力。對前者，你示弱，幾乎勝券在握；對後者，你示弱，也定奪取更多對方的歉疚……女人的溫柔隱忍、善解人意、識得大體可以感動得男人抱住你腳去舔，可是你在幹什麼？你決定絕不委屈自個兒，你找東找西，你把鼻涕甩得到處都是，怎麼樣呢？一則，一個倒向另一個女人懷抱的男人就像一堵倒向另一方的牆，你能阻止嗎？二則，這樣一來，他沒有了掂量的時間、迂迴的過程和歉疚的心情，更主要的是沒有了面子。男人一輩子上竄下跳、忙忙碌碌，活得不就是一張臉嗎？他們簡直比女人還要臉。他沒臉啦，就被逼得乾脆大聲聲明：我不要了！

他不要了，我們還得要對不對？你鬧得越兇、事態越嚴重，就越快地把

他推開去。都那樣啦，怎麼再有臉留他？他哭著喊著跪著求著留也不能要了啊——一次背叛可以說成是男人無心的失誤，幾次背叛不得不說是男人有意的叛逃了。一塊在染缸裡胡亂攪和、髒得看不出模樣的布你還能裁成個什麼穿？誰愛要誰要去吧。

這樣地不甘，這樣辛苦地「戰鬥」著，心卻在游離出一朵朵黴菌，上面密密麻麻反來復去就寫著那幾行忐忑不安、強打精神又早已自認的句子，諸如「我虧大了」、「你欺負誰」、「老娘搞臭你」云云......有什麼勁？唉，已然輸掉了愛情，何苦再搭上自尊？況且，愛情不是死心塌地就有結局。

事已至此，只有自個兒找個沒人處，吞掉生活全部的「剩煙頭」，然後，把嗆出的淚仰回去，對他輕輕說一句：「你走好了，我瞧不起你。」再笑成一臉的燦爛。

做不成他的媽

（愛的基礎可以是喜歡、崇敬、好奇、甚至是蔑視和憎惡，唯獨不能是憐憫。因為在愛情裡，「憐憫」是密度最輕、賣相最賤的一種，即使最初勉強結合了，被憐憫的一方主角也大都免不掉不被待見的命運。）

簡墨：

你好！

我和我先生結婚十年了。在這十年裡他給我的感覺是：所有的承諾都是「畫餅充饑」。

我不僅要養我6歲的兒子，而且還要養他。

我最常有的感覺是：疲倦、累和沒有指望！

十年來，他總是對任何事情都充滿希望，到最後又都變成了失望。一件又一件的事情都是這樣。我給他下的定義是：沒有做過一件像樣的事情。我遇到了一個沒用的人。可是，當我想和他談離婚的時候，他的柔情蜜語打動了我，使我下不了決心。一個人的尊嚴難道是要靠別人施捨而不是贏得嗎？我怎麼辦？我想離開他，但又可憐他......

小林

小林：

你好！

男人分兩種，一種是養人的，一種是被養的。當然，這個「養」並不絕對，綜合參數吧。

女人分兩種，一種是樂意養人的，一種是樂意被養的。母性強的，就養人；女兒性強的，就去被養好啦。規則是：自覺自願，各取所需。

可是，縱使母性強些，我們也不能完全地做成那人的媽是吧？所以，就「疲倦、累和沒有指望」了（媽不是，媽是不知疲倦、累並有指望著）。作為一個社會人，他理應對大眾做出貢獻，對小眾──你和兒子做出貢獻；作為一個自然人，他得有點精氣神兒，不能活成一坨垃圾，最起碼不能叫太太動不動就在報紙上對大眾說：「我遇到了一個沒用的人」對不對？我們搏擊掉了兩億多個精子、費勁火降臨到這個世界上來幹什麼呀？是來憂鬱、沉潛的嗎？不，是來快樂和飛揚的！即使真的有些憂鬱和沉潛，那也不是我們的初衷。人就這麼一輩子，努力飛揚還跟跟蹌蹌呢，壓根兒沒有躑躅的份兒。所以，在生活節奏明快緊湊的今天，哈姆雷特似的「是，還是不」那樣幾場戲都叨叨叨、叨叨叨解決不利索、自問、自詰、自個兒能把自個兒掐死的破事兒真的是鮮聞鮮見啦！我們不要做成新聞好不好？成，就一起過；不成，就撒開手。把自己和人家都折磨得人不人鬼不鬼的也說不上多人道──我還就不相信，那人在你巨大不滿的壓力下能不成天跟個瘋子似的──我懷疑你每天拿「沒用」的話把兒當歌給他唱。

殺人也不過頭點地吧？要人家就老老實實過日子，不滿意就說個痛快話。那麼不情願做他的「媽」，如此這般鈍刀子殺人真的還不如早分早了，還人家一個自由，自己也好打點行裝，重新啟程尋找下一個停靠站不是？自己在愛人眼裡映出的是這種影像，說起來也夠悲哀得哭一大場的，還「柔情蜜語」個什麼勁兒？還「打動」已經徹頭徹尾不愛了的愛人有什麼意思？愛的基礎可以是喜歡、崇敬、好奇、甚至是蔑視和憎惡，唯獨不能是憐憫。因為在愛情裡，「憐憫」是密度最輕、賣相最賤的一種，即使最初勉強結合了，被憐憫的一方主角也大都免不掉不被待見的命運。

別管那個男主角到底怎樣，大家都祝他好運吧。

看人看大處

（當我們長大了，就會知道，大家都不再是靠大哭大叫就能換來糖果的孩子，上帝不可能像我們的老爸一樣愛我們，他會均攤給我們每人一個一定有這樣或那樣缺點的愛人──或者早，或者晚一點，或者直接從天上掉下來，或者得拐彎抹角從上游迂迴到我們下游……但他一定在哪裡，在某個地方，等著我們。）

簡墨：

您好！

常看您的文章，真的好佩服好感慨。我是一個21歲的女孩。上一次失戀還是幾天前，傷得好厲害啊。本來兩個人都以為找到了自己心目中完美的愛人、能走到最後，誰知最後卻因為許多雞毛蒜皮分了手（我先提的），弄得兩個人都很傷心。

我倆的性格還真的有很多不同：他比較平和，我比較激烈；他比較安於現狀，我比較要強，他比較懶，我有點潔癖……我們都容忍不了對方慢慢露出的「不可愛」，可我們明明是相愛的呀！簡墨姐，如果兩個人相愛，怎樣去適應對方？不吵架不可以嗎？要怎樣才能愛得長久、再長久些？……

小丸子

小丸子：

你好！

其實我們每個人都曾經有那樣的幻想：他在那裡，俊逸儒雅，溫情款款，智慧超群，英勇果敢……一切正是我們想要的，也不是沒有這樣的人，可……往往這樣的他不愛我們。而事實常常是：他在那裡，長相稀鬆，不解風情，有點兒笨，遇事抓瞎……可我們愛他。

是的，當我們長大了，就會知道，大家都不再是靠大哭大叫就能換來糖果的孩子，上帝不可能像我們的老爸一樣愛我們，祂會均攤給我們每人一個一定有這樣或那樣缺點的愛人──或者早，或者晚一點，或者直接從天上掉下來，或者得拐彎抹角從上游迂迴到我們下游……但他一定在哪裡，在某個地方，等著我們。

他一定不那麼完美，我們一定不那麼滿意。你知道，我們每個女人都對自己喜歡的男人有自己特有的小記號：一把像模像樣的短髮，一個有溝兒的下巴，一副磁性的嗓子，一個柔媚的蘭花指⋯⋯討厭。別管怎樣吧，別人也許煩他，但你偏偏愛上他。你就喜歡他的那些你認為的「小可愛」。當你把他當成「小可愛」了，他的其他的些許的「不可愛」你總得一併接納。愛他就得接納他的小小的「不可愛」。他也一樣。

「看人看大處」，忘了這是哪位偉人說過還是我自己夢到的一句話，至少這話教我們在愛情裡必須抓主要矛盾。我想，只要他品質好（第一位的）、愛情專一（並列第一位的）、有可以結婚的基本條件——身體健康、能支撐部分家用（並列第一位的）、我們愛他（第二位的）⋯⋯足矣。我特理解金雞獎的「三黃蛋」，哪個都不能割捨你知道嘛。咱，就夠了，其他的，譬如睡覺磨牙放屁，愛玩網路遊戲，三天不洗次澡，工作不大進取⋯⋯就算了，你把他看成你未來的孩子算了，我們不和我們的孩子生真氣對不對？我贊同愛人之間某些時候把對方當成自己的孩子，至少摻和進這樣的因數，才有希望愛得長久——瞧，僅僅有希望，已經這麼難！成人和孩子之間的愛是緊緻、密合的，水潑不進，而純粹的成人之間必定罅隙叢生，稍有不慎便漏了湯。

我不贊同發現愛人的小缺點就大拉拉丟掉的人，那真成了掰棒子的那隻著名的熊啦。

當「遊園」變成「驚夢」

（咱，男人出軌人神共憤，女人更擔不起那無法承受之重——那叫自取其辱。因此，既然愛情變化，那就從容應變好了。不必去想什麼報復不報復，那樣無異於朝自己新瀝的傷口撒鹽，而且也報復不到人家，只顯出自己的可憐和沒用。）

簡墨：

你好！

我今年已經37歲了。前幾年，我同丈夫一起到國外留學。在上學期間，由於生活拮据，我不得不中斷了學業，靠每天辛辛苦苦的打工來維持著倆人

的生活，供養著他拿到了博士學位。回國後他到了一家待遇豐厚的外企上班，誰知不久後他竟移情別戀於同事中另一個年輕漂亮的女子，且不顧親朋好友一次又一次地好言相勸，一意孤行地把我拋棄了（孩子歸他，我只有週日的探視權，可他還那麼霸道，連這難得的見面都要干預）。感情的裂變在我心底裡掀起了痛苦、悲傷、失望、後悔、無助等難言的滋味。我心裡對他充滿了仇恨，非要好好地報復他一下不可……

寒葉

寒葉：

你好！

有些男人一副貌似委屈無比的樣子對我訴苦或哭訴：「我們從開始就沒有愛情。」「我和她根本沒有共同語言。」云云。簡直可笑。在締結姻緣、至少在進入洞房的那一刻，一定是有的──這年頭，只要不是藏身深山幾十年出不來的「白毛男」，就基本上沒有被刀壓脖子逼婚的。即使只有一點點，即使過去了一百年，他老人家也一定是有過的，只不過是太健忘了。

個別男人太健忘，女人們又大都太難忘。當「個別」與「大都」有了交集，「遊園」就忽變成了「驚夢」。

而在婚姻的後花園裡，那些為徜徉的愛意伴奏、助興的鑼鼓傢伙，可不是用來給橫行的怨懟當盾牌和刀槍的──體面、貴氣的大青衣她，怎麼一扭臉就成了鼻子上有塊「白豆腐」的小花臉啦？！即便你立意決絕地走開，也不能走得太難看是吧？在失敗的愛情和婚姻裡，沒有人是無辜少女，自己身上總有或多或少的錯誤，和對愛有意無意的疏忽。那個人即使十惡不赦，不說以怨報德，再嘗試恢復感情吧，也不能對他以惡報惡呀──那正中了「敵人」的奸計──你拱手讓給他一個編派你的正大理由。

怎麼報復？到他單位把他搞臭？告訴你，他單位可沒有黑包公──誰都知道，在婚姻的「江湖」上，只有恩怨情仇，沒有是非曲直，說不清。鬧大了，最多各打五十大板完事。自己也找個性伴「外出」一回？那叫報復自己的身體，不叫報復他。喏，男人出軌人神共憤，女人更擔不起那無法承受之重──那叫自取其辱。因此，既然愛情變化，那就從容應變好了。不必去想什麼報復不報復，那樣無異於朝自己新瀝的傷口撒鹽，而且也報復不到人家，只顯出自己的可憐和沒用。想想今後的生活應該怎麼抉擇才是明智。其

實，當一方完全把另一方不當回事、都可以用「拋棄」這個詞了時，就算是把他鞭得遍體鱗傷，你能補救自己那顆千瘡百孔的心嗎？

當然做不到祝福他和他新歡──如果是我我也做不到。但是，為了尊嚴，能不能把青衣的行頭披掛下去？能不能給他一個優雅轉身？然後，走過忘川，不再想他，試著開始一個新的開始？

開心些，一切傷痛都將無痕，像大河「嘩嘩」流過。

當你卸了妝

（在我們長大的過程中，有那麼多的過往，那麼多的人和事，我們註定為了一些，而不得不捨棄另一些。是的，也許自此，山長水遠、蕭郎路人、珠淚輕拋，可保不齊轉眼便柳暗花明、綠袖紅巾、喁語淺笑呢。把胸襟放開去，就是一片開闊地。）

簡墨：

你好！坦率地說，我和我老公現在沒有愛，只有恨。他愛上了一個小他很多的小女孩，而且已經住在一起了。我攪盡腦汁想出了一條錦囊妙計：我壓抑著怒火，把那女孩電話叫到家裡，親熱地稱她為小妹，還為她做好吃的，為她買漂亮衣服，談知心話。她是外地的，這裡沒有親戚，沒幾天她就把我當成了親人。我接連幾個月這麼做，她終於吃不住勁，堅決跟我老公分手，說我那麼好，她對不住我……可老公知道真相以後，說：你真可怕！我真擔心你給我也來這麼一手！沒想到，透過我的努力，他反而對我更加冷淡了。我很難受……

獵獵寒風

獵獵寒風：

你好！

呵呵，你太能整啦！簡直都做作成小資啦！

瞧，你可以違背自己的心意和生活的邏輯，人前笑語朗朗，人後血流成河，把愛情愣是給折騰成了一場戰爭……也許可以獲得一時的安全感，可你不累嗎？像一個幾個月不卸妝、老皮縱橫還深以為美的老女人，就算用傳說

中的胎盤素把面皮抹平，心下也必然歲月婆娑。一份「只有恨」的愛情，靠小小的手段怎麼能扛得住？歲月這麼無堅不摧。

其實，有時承認現實是人生的智慧。當苟延殘喘的愛情行將就木、甚至已經就木了時，還搭上自己的時間、精力、青春、自尊，去死馬當作活馬醫，最後失望最大的，總是自己。在我們長大的過程中，有那麼多的過往，那麼多的人和事，我們註定為了一些，而不得不捨棄另一些。是的，也許自此，山長水遠、蕭郎路人、珠淚輕拋，可保不齊轉眼便柳暗花明、綠袖紅巾、喁語淺笑呢。把胸襟放開去，就是一片開闊地。

我欣賞的人生是活成一條大河，不矯情，不狹隘，奔放剛健，吐納有容……為了未來，捨棄過去，是不是一種做人的大氣？如果硬撐就能撐回愛情，世界上就沒有怨婦這回事了對不對？

而且，愛情是多需要真誠面對和涇渭分明的一種情感！健康的愛情一定是真的：從情感醞釀、愛意萌發、情感升溫到步入婚姻，一切的運作方式，都應當是真的。它來時乾淨俐落，它去時最好也不拖泥帶水。喏，這個段落了結啦，就及時煞尾，另起一行。很怕章回小說似的、不堪的愛情：來處有所承襲，去處又作下回分解，把好端端的生活弄成個「跑冒滴漏」的前列腺，你不煩人家還煩呢。感情沒了就是沒了，縱然捂著蓋著，也必然如同已經酸腐掉的飯菜，就算回鍋，上籠蒸，下油炸，也白瞎了那火和油。

畫一個假面，強作歡顏，去「忽悠」別人，夢想賺得屬於自己的掌聲和歡笑……像不像舊日舞台鼻子上頂著半個紅色乒乓球、老拿自己不當玩意兒、插科打諢無所不用、作賤透了自己的小丑？卸了妝，望著那因為努力過度而疲憊不堪的臉，你心裡會不會泗淚滂沱？因此，最悲涼的收鞘不在於收鞘，而是明明知道那就是收鞘，卻不由自主地直奔著那收鞘一頭撞去，其中代價如同創傷，帶給我們無法承受之痛。而從某種程度上講，規避創傷比創造幸福更重要。

卸下你的假面，面對問題；打消你的歪點子，用正手去解決呼嘯而來的刁鑽問題，去迎接一個可能出現的、你們大團圓的結局，或者更有可能出現的、他們大團圓的結局。

活出個「意思」來

（「打蛇打七寸」，當然要有「精氣神」，才有可能擁有「有意思」的人生。得對人生立這麼一段誓言：我，ＸＸＸ，選擇你，精氣神，作我的引導者，無論豐裕或饑饉，無論健康或疾病，無論成功或失敗，我都常備一個打氣筒，給自己補充「精氣神兒」。）

簡墨：

您好！

在很多人眼裡（實際上也是）我很幸運：大學一畢業就順利地找到個有錢的老公嫁了，做起了全職太太。不但衣食豐足，老公還常讚揚我「美若天仙」的容貌和「小鳥依人」的氣質，在他的朋友們面前給足了他面子。因為他事業做得好，我早丟了專業，也就只有享受了。除了保養自己，定期去健身房、美容院做健身、做護理，買買書看看電影，找同樣的富婆太太聊聊不痛不癢的大天……幾乎沒有什麼正事可做，也沒什麼壓力。可為什麼我還是覺得有什麼東西我還不滿足？還是常常覺得不開心？甚至對什麼也提不起精神？您說，我該怎麼辦呢？

阿蓮

阿蓮：

你好！

我先生說得好：「人除了吃喝，還應該活出個『意思』來。」我想，還真的很服氣這個理科生。

這「意思」是什麼意思？我自己考慮，應該包括「有盼頭」、「有層次」、「有趣味」這幾個字眼。

「有盼頭」的人生是好人生啊，對不對？如果圈定一眼看到底的死水一樣的人生，還有什麼勁？一定要有所期待、有所發展才有希望，有盼頭。

「有層次」的人生完全不是指「有錢」。當然，有錢更好。有層次的人生是說有志氣、有一定份量的、獨立的人生。我一直認為，「小鳥依人」的人生不是樣板人生——旦有一天，那「人」走了，那「小鳥」哭都找不到調兒。人——無論男女，最靠得住的，還得說是自己心頭這一口氣。有人可以依靠不是壞事，但你必須有壓得住那個人的本事和志氣，以備不時之虞——可以立刻賺錢吃飯、吐氣揚眉的根基，同時，這也是獲得那人尊重的砝

碼。「有趣味」這一條不用說了，它得好玩！得有美好的愛情吧？得有可愛的孩子吧？得有自己的事業吧？也得出去看看祖國和世界的大好河山吧？最起碼，得讀書吧？你得自己找樂子。

而且，人生有那麼多美好的東西，隨便拎一件出來就夠思索半輩子還樂此不疲的。譬如；冬雪初霽，陽光滿滿地鋪著，落地窗下，就著古箏曲子，用舊報紙臨一幅《蘭亭序》，或者乾脆把舊情書翻出來，用「雪浪」抄出來，裱成條幅，掛在臥室裡，你一定能心中充滿喜悅。或者，乾脆就衣著素樸，坐在從雲南淘來的彩毯上，閉眼聽聽《秘密花園》，或者更乾脆：對著菜譜，學做幾道先生孩子都愛的小菜，也是個非常美好的事呢。天意人心，怎麼活怎麼有意思。

人家鄭板橋在家書裡寫，為了「半堤衰柳，斷橋流水，破屋叢花」都「心竊樂之」，何況我們現代人，啥也不缺呢，更應該樂了對不對？有句老話叫「迷人不知盈」，就是說的你這號人。

「精氣神」是我常給人家題的一個斗方，也是用來自勉的格言。我一直認為人生的快樂在於世俗的幸福，抓住簡單的、必要的幾樣，就贏得了主要山頭。「打蛇打七寸」，當然要有「精氣神」，才有可能擁有「有意思」的人生。得對人生立這麼一段誓言：我，ＸＸＸ，選擇你，精氣神，做我的引導者，無論豐裕或饑饉，無論健康或疾病，無論成功或失敗，我都常備一個打氣筒，給自己補充「精氣神兒」。

新的一年，祝願我們大家都旺旺地，燃起生命的火焰，活出個「意思」來！

愛是會皺眉頭的

（愛的乾涸如同一個人的老去，迥異於突發事件，是一朝一夕積累而成的，厭倦或者變心從來不是瞬間發生。而愛的豐潤如同少女的豐潤，也是盎然的、自然的，是營養跟得上，是源頭活水的不斷補給。因此，總要有一個人開頭兒，對自己說：「我要改變我自己」。）

簡墨：

你好。我結婚兩年了，最近和我丈夫吵得越來越兇，就快過不下去了，我對他的感情明顯不如以前了，他對我也不怎麼樣。這一點讓我很擔心。他好像完全變了個人，婚前的寬容、幽默都消失得無影無蹤了，最讓人受不了的是懶惰，他似乎除了睡覺睡覺睡覺，就沒有其他愛好了，星期天我只有自己一個人帶孩子出去玩，他連眼皮都不睜一睜。戀愛時我們都是那麼完美！我試圖改變他，但現在一說話就吵嘴，在一起的時間也少了。我常常有種上當受騙的感覺。我不知道這種感覺是否正常，不知道還該不該和他繼續下去⋯⋯

莉莉

莉莉：

你好！

我是這樣理解的，也不知道對不對？就是：在婚姻甚至愛情裡，變，正常，不變才不正常。愛是會皺眉頭的。

我敢說世界上60%以上的男人是懶惰的，剩下的還應該有10%是潔癖，只是戀愛時刻意掩飾而已。懶惰應該是他們的常態。一是因為男人的本質是孩子，玩兒心大；再者，很多東西，諸如打拚事業什麼的，給他們很大的、女人無法體會的壓力；第三，男人尤其是婚後的男人，往往持有一種越來越放鬆的心態，恰似他們日漸腴起的小肚子。這些都是可以理解的。因此，如果不是原則性的問題，譬如他明顯地表現出對你的厭惡，那麼，我認為放棄這段感情有點可惜。

而且，有問題是正常的，沒有問題才是不正常的。生活就是一個問題的

大集合，加上婚姻後更是如此。因為你們兩個素昧平生，愣愣地給捏合在一起，有二十幾年上基本上是自己活自己的，甚至根本不知道世界上有對方這一號。所以說這樣的基礎連姊妹兄弟在一起混很多年、擁有共同生活環境的那種優勢都沒有。所以，就像平地起高樓，要想締結起溫暖而恆定的關係，其難度可想而知。

我一直覺得，只強調自己的感覺、企圖改變別人是極其愚蠢的想法。大家都是人，都有獨立而完善的人格、思想、文化、生活體系，而強加的東西都有一種蒼白、無奈的味道。為什麼不試圖改變自己呢？千萬不要說自己完美——人家笑話。我們不是仙女，誰能夠完美到無以復加？難道他對你就沒有「最讓人受不了的是……」諸如此類的抱怨嗎？他是不是也有「上當受騙的感覺」呢？我們都知道，在愛裡出現大的問題一般都是兩個人的原因，沒有一方是天使、一方是魔鬼這回事。其實，反思自己、改變自己也是給別人以壓力的手段，甚至是更為有力的手段呢！

愛的乾涸如同一個人的老去，迥異於突發事件，是一朝一夕積累而成的，厭倦或者變心從來不是瞬間發生。而愛的豐潤如同少女的豐潤，也是盎然的、自然的，是營養跟得上，是源頭活水的不斷補給。因此，總要有一個人開頭兒，對自己說：「我要改變我自己」。從而真的在愛的問題上開開竅。愛著時不知養護，可勁兒糟蹋，一定落得個不愛的結果——如若如此雙向的反應猶還罷了，如果是單單的不愛別人或不被人愛了——天，簡直慘極！那愛就不是皺眉頭的事了，就該哭著上吊啦。

你是我的玩具

（我們小時候都玩過布娃娃，還記得我們是怎樣喜歡、愛護她的嗎？白天要給她餵飯，晚上要抱著她睡覺，認為她病了時還要給她打針，髒一點就給她洗澡，別人給弄壞一點就大哭要人家賠……不怎麼知道金錢的妙處，並且還沒有學會三心二意。那樣純淨的心地，那樣無私的牽念，那樣甘心的付出，想想都覺得溫暖。）

簡墨：

你好！

經過三年的爭鬥、折磨，我和前夫離了婚。因為才40冒頭，因此很多熱心人給我介紹對象，最後，我選擇了現在這個。他人厚道，條件也不錯：是單位內退的、50多歲，退休金很高，也穩定，還被單位返聘，另外賺一份不低的薪資，挺不錯的。本來當時我就是覺得經濟上不吃虧才答應找他，可他女兒中學畢業沒考上大學，他給她花大價錢上學不說，她都工作了，按理說也不小了，每月他還要給她錢！她找對象結婚是不是他也全包了你說？以前我很善於理財，可現在，在這個家裡我全插不上手，家庭支出一塌糊塗，讓我很惱火......

白楊

白楊：

你好！

呵呵，我聽不懂你在說什麼——什麼呀？外國語呀？錢呀經濟亂七八糟的。再婚也是婚呀，是自帶口糧，不是找個長期飯票。

上世紀90年代，歌神張學友有幾句歌詞，至今我仍記得：「從髮尖到腳尖，一切都是我的；孩提時代的小小傷疤，你的一切都合我意......」喏，你是不是覺得歌裡的愛情過於唯美啦？是不是覺得再婚是一大把年紀、至少是滄桑歷盡後的「湊合」？那麼我要說：你錯了。很多人都把再婚定位成人生尾巴之後的尾巴、無奈之後的無奈：曾經離喪，誰還有那些無謂的奢望？其實，再婚也需要激情，再婚也是找伴侶，也是兩個心靈最近的親人走在一起，去共同體驗一段身體最靠近的感情，去共同面對後面憂憂漫漶的幾十年。再婚是生命之歌重新起的另一段的開頭兒，是精彩演出之後的「返場」，只有更精彩才對得起觀眾和自己對不對？把再生的這段感情看作是彼此的救贖怎麼樣？是的，是很不幸，但應當看對方是不幸中的萬幸——幸好還有你。再婚是另一個華彩樂句，不是另一場相煎太急。

我認為你的問題主要是因為再婚的起點低：真心冰封，腦袋倒不閒著——光在那裡扒拉算盤了，怎麼能看到人家的難處？最初的動機不純潔，肯定也談不上體恤和理解。你如果尊重自己的選擇，就得尊重他，尊重他的情感，不能割裂開他的生活，不能妄圖掌控他的一切。如果真的認為自己無比滄桑，就辦點滄桑的人辦的事兒：把錢看淡。情路艱辛，都萬水千山走遍了，還不知道最重要的是圖個「人好」呀？那些附加的零碎兒忽略掉算

啦。

我們小時候都玩過布娃娃，還記得我們是怎樣喜歡、愛護她的嗎？白天要給她餵飯，晚上要抱著她睡覺，認為她病了時還要給她打針，髒一點就給她洗澡，別人給弄壞一點就大哭要人家賠......不怎麼知道金錢的妙處，並且還沒有學會三心二意。那樣純淨的心地，那樣無私的牽念，那樣甘心的付出，想想都覺得溫暖。無論初婚還是再婚，對愛人是不是都應當有點赤子之心呢？

因此，再婚是生命的第二次春天，也應該看上去很美，應該是一路踏著蔥綠桃紅才對。而不是踏著一路的疙疙瘩瘩。心路的疙瘩是再婚的癌，最好的方法是蕩滌一空。

可不可以這樣：再婚之前，讓心靈沉靜下來，縝密地思考，認真地遴選；再婚之後，讓激情燃燒起來，全心全意，把決定攜手白頭的那個人當作自己兒時最珍愛的玩具，真心地呵護、換位去理解。紅塵紛擾，世象看透那樣的思路讓別人去用來寫文章好了，生活裡還是純真些更好。純真的人是有福的，就像老話說的：傻人有傻福。在經濟問題上「傻」一點，在繼子女問題上「傻」一點，再婚就一樣能重續幸福。

親密的愛人

（我反而覺得大凡女人發現自己不「幸福」到底是可喜可賀的——喏，也像那痤瘡：滿了，醜了，鬧到臉上了，也就豁出去了，一不作二不休，就那什麼，換臉皮了！洗心革面，歡天喜地，重新來過，真正笑靨如花，激情蕩漾，奔自己的一片大好前途去！——到底不是六十歲、八十歲才發現對不對？）

簡墨：

您好！

這個問題讓我很是躊躇，考慮了很久才鼓起勇氣問您。是這樣的：我和我老公感情很好。不過，我們在一起卻總也感覺不到「幸福」。一是年紀到了，我對自己的身體沒多少信心了，胖了這麼多，二是有些反感他，我總覺得他有點變態。我是個家庭主婦，每天操心費力，伺候老伺候小的夠累

了，再說都四十歲的人了，老夫老妻的，孩子都上中學了，他還有時讓我學著電影上的和他「在一起」，沒點正事！我們是人哎，不是動物！我已經忍受了他十幾年……

一地散沙

一地散沙大姐：

你好！

扯點閒篇兒先：記得少年時，我偶然從書上得知：原來敬愛的周總理也曾有過自己的孩子！還頗為失望——唉，這個世界上沒有一個男人不曾和女人「那樣」過呀？當時把男女之事看得十分羞恥。我覺得大姐你和我小時候的糊塗程度差不多。呵呵。

其實呢，這非但不是什麼羞恥的事，簡直可以說是作為一個自然人所享有的光榮哩——據說，只有人類可以這樣因為相愛，因為要看到對方的表情，看到對方的眼睛，能給對方深情的吻，能把藏著赤誠的心的胸膛裸露給愛人，而正面相對地共赴雲雨——而其他動物被只可稱作「情慾」。難怪叔本華在《生活方式箴言》裡設問道：「我們為什麼喜歡去動物園？因為看到猴子讓我們充滿驕傲感：我們取得的進步多麼大啊！」呵呵。人類的情愛是世間最美妙的事物之一。

而且，誰說家庭主婦就不可以豔幟高張呢，只要你不「張」到家庭外邊去？它是婚姻生活這道聖餐裡的少許鹽、是畫龍點睛裡的那一「點」，純情和激情是愛情裡最重要、最不可傷及的根呢——純情是指純真地愛著，激情是指永遠不能寡淡如水。說自己的愛情平淡而平和，完全如親人一般，像水一樣不能缺少，根本是婚姻不成功者阿Q似的說辭——真正的愛情和成功的婚姻是絕不可能真的如水般乏味。親人是我們不缺少的呀，彼此疼愛的感覺是很好，然而愛情只有疼愛是不夠的，我們要做心裡絲絲地疼著、身體熱熱地貼著的、親密的愛人。

當然，在現實生活中，像你一樣，身為人婦經年，往往早把純情和激情蕩滌一空——春情還是有的，幸福也倒嚮往，但都不得不作罷——有工作要打理、有孩子要照顧，哪裡還顧得上什麼純情和激情？純情是少女的事，激情是蕩婦的事，與我何干？可是，我接觸了不少女同胞因為男人厭棄、性福不再、夜夜獨守空房的案例。唉，大都是面子光鮮、裡子爛掉的同一套路——

你對自己沒有信心，你恐慌，尤其是「那一方面」——你覺得自己乾癟乾澀，已然成了一隻風乾的橘子。但不「性福」乃至不幸福卻死活不改進就像人臉上長痘痘、卻試圖用更加厚實的粉底遮蓋一樣，只能使痤瘡更加燦若繁星、在卸了妝之後更加難看。我反而覺得大凡女人發現自己不「幸福」到底是可喜可賀的——喏，也像那痤瘡：滿了，醜了，鬧到臉上了，也就豁出去了，一不作二不休，就那什麼，換臉皮了！洗心革面，歡天喜地，重新來過，真正笑靨如花，激情蕩漾，奔自己的一片大好前途去！——到底不是六十歲、八十歲才發現對不對？所以，真正能夠需要去改進的或許是你，得醒醒啦：妻子不僅僅是個侍應生，而應該是個集少女與少婦、純情與激情、親人與愛人為一身的集合體，得愛他，撫慰他，養護他的心，滿足他的身體。當然，他也得愛你，撫慰你，養護你的心，滿足你的身體。你看，沒有比夫妻更為對等、更為質樸的關係了，親密的愛人之間絕對不能單方付出，什麼事也絲毫擾不得假，連「在一起」都不能不同步。喏，在認識和操作上，你都已經遠遠和他拉開距離啦！春日多暇，把其他的事放放，在這個事上三步併作兩步走，迎頭趕上才是要緊！

優雅的轉身

（生活裡從來就沒有誰離開誰就徹底不行了的這回事，從來沒有——就不行也是一會兒的事，風吹吹就散了。而我們在碰到離別這樣的災難時，就不得不躲閃和迂迴。而不斷地告別和不斷地相遇，然後在不斷的告別和相遇中老去，因雪白頭，因風皺面，然後白髮蒼然，雞皮赫然，然心下安穩，歲月清平。這才是人生。）

簡墨：

您好！

叫您姐姐應該沒錯吧？我今年十八歲了。不好意思，上大一時我就已經戀愛兩年了。初戀男友是我的高中同學，也算青梅竹馬吧。可是由於種種原因，在2006年我們畢業之前我們爭吵激烈分手了，過年回來後關係算是徹底斷了，無法修復。他走得那麼決絕，令我十分痛苦！我一直給他寫信，可他堅決不回，最後，他連QQ號和E-MAIL都廢掉了。那EMAIL可是我們兩個共同申請的情侶帳號啊，他怎麼那麼狠心啊！他去了上海，所有的同學

都沒有收到他的聯繫方式，他人間蒸發了，看來他是永遠不想和我聯繫了。簡墨姐，我先後給您寫了三封信了，希望您儘快給我回信……

阿美

阿美：

你好！

首先說句對不起──我把您的幾封信件誤會成重複發的一封了，就沒怎麼理會。在此，也對有同樣類形問題的讀者朋友一併回覆，因為版面有限，我不可能一一回覆。謝謝理解。

之所以初戀看上去很美，我想很多時候是因為它的甜蜜裡有太多的苦澀吧？初戀是吸吮著青春的汁液養大的一棵樹，掩藏著那個年紀幾乎所有的秘密、夢幻和悲喜，馥郁著我們原本枝椏單薄的青春。

而初戀聽起來大部分都像場災難的原因是：那樣稚嫩到滴水、「草色遙看近卻無」的所謂愛情，是根本撑不了多少地震海嘯沙塵暴的，有時一股子三五分鐘的本埠小旋風就能把它給滅嘍。而伐掉它且根鬚盡斷，自然傷痛到不能自持。有的人看不開，剛剛開始，就像耗盡了一生的情愛，活著活著，就從活潑潑的青蔥少年活成了中年殭屍。

唉，那已經是歷史了，是最初的最初，已經塵埃落定、蓋棺論定：走了的那個人不能回來了，過去了的愛情不能回來了。枉自站在原地，縱然站成望夫石，徒給人間增添一個「到此一遊」的理由，給周圍的三舅母二大媽們貢獻一段談天，我們自己又能得到什麼？說不定還耽誤了行程。

亦舒藉喜寶的口說，沒人傷得了我的心，除非我自己。而失戀這樁事根本就是：舊的不去，新的不來。我們想繼續青蔥，就必須得學會遺忘和放棄，擎自己智慧和意志的慧劍，斬斷無謂的堅持和憂傷。除了戲劇裡閉著眼的演繹，生活裡從來就沒有誰離開誰就徹底不行了的這回事，從來沒有──就不行也是一會兒的事，風吹吹就散了。而我們在碰到離別（尤其是初次的離別）這樣的災難時，就不得不躲閃和迂迴。而不斷地告別和不斷地相遇，然後在不斷的告別和相遇中老去，因雪白頭，因風皺面，然後白髮蒼然，雞皮赫然，然心下安穩，歲月清平。這才是人生。

托爾斯泰說過：「一個少女想到要自殺，她就為自己這個自殺的念頭感

動得哭了起來。」而一個少女的初戀的逝去，必定要經歷斷腸期。因為青春必然矯情，而且矯情得那麼純樸，那麼不討厭。只是我們不能老是「斷腸」下去，「矯情」到一定時候也就討厭了。有這麼一句詩：「太陽照著你的黑暗和照著你的安寧一樣多。」放眼看去，人後邊總有人，愛後邊還有愛。而愛，是這世界的光亮，是我們活下去的理由。十八歲是早春二月荳蔻梢頭的花開正好，怎麼能因為初次的失去，就放棄得到呢？

那些美好的過往也必然風化成我們記憶裡的琥珀。記得就好。

因為他「走得那麼決絕」，所以你與其躑躅原地，不如優雅轉身——哪怕這個轉身扭得腰椎突出扭得淚眼婆娑，也要拚力微笑——給自己，也給他。

像媽媽一樣生活

（所謂險棋，無非是一腳占住山頭，一腳踏入懸崖——不到咬著牙必須橫下一條心方可度過的艱難抉擇，誰走那險棋呀？而險棋往往非英雄莫走。你我是英雄嗎？好像還差著那麼一截。……就連那「看試手，補天裂」的主兒，做大英雄、光風霽月了半輩子，退休後還不是斂手斂腳，全拋了那些紛紅亂綠？）

簡墨姐：

你好！

我一直在看洪晃的部落格，也看了她的故事和她編的雜誌，她演的《無窮動》裡的生活多大膽暢快多有層次啊！我本人也是一個個性突出的人，從小就天馬行空，沒人能管，闖過很多禍，還進過少管所。父母早就宣佈和我斷了來往，其實我也早不想和他們來往了。我退學，自己開了個小服裝店，生意在旺季時也不錯，淡季時也能保本，養活自己完全沒有問題。我目前和男友同居。我不想像普通人一樣生活，我一定要創出一番大事業！可不知為什麼常常感到恐慌和煩惱……

小晃

小晃：

你好 ！

嘿，你可真是個人才呀！這麼頑強地鬥爭，鬥爭到不要爹娘。

豈不知人和人是不一樣的：她爆粗口叫風流，你那樣叫犯賤；她一擲千金叫瀟灑，你那樣叫敗家；她遠離大眾叫孤標傲世，你那樣叫心理有問題⋯⋯能一樣嗎？能見樣學樣嗎？光叫人貽笑大方了，還上哪兒去特立獨行呀？

況且，特立獨行是風險最大的一種活法，除了天才或瘋子，誰敢去碰？你碰啊，結果還不是以卵擊石？而女人又有大女人和小女人之分：她那樣的修養、才情、智慧乃至家世，豈是一般人可以照貓畫虎學來的？而小女人，就得充分利用小女人的資源，把自己盡力朝漂亮、優雅、溫良、懂事⋯⋯那個方向使勁，才是正事。

再說，你光聽人講「子非魚，安知魚之樂」，豈不知「子非晃，安知晃之不樂」？你以為人家吃蜜一樣地那麼樂於走險棋呀？也許人家那樣活有人家的背景條件呢。所謂險棋，無非是一腳占住山頭，一腳踏入懸崖──不到咬著後槽牙必須橫下一條心方可度過的艱難抉擇，誰走那險棋呀？而險棋往往非英雄莫走。你我是英雄嗎？好像還差著那麼一截。你看《無窮動》光看人家生活的層次，大紅門如何如何威風，其實裡面有痛有思考，攪雜著多少黑色幽默！你一定看不懂。人世間，沒有誰不經歷苦難，至少死別一條你就躲不過──誰也不是生活他老人家的小嬌嬌。

好像是辛稼軒說的，大意是人到了某個時候，忽然發現自己也就一普通人，天下事管不了，只好回頭，「而今何事最相宜，宜醉，宜遊，宜睡。⋯⋯乃翁依舊管些兒，管竹，管山，管水。」唉，你看，就連那「看試手，補天裂」的主兒，做大英雄、光風霽月了半輩子，退休後還不是斂手斂腳，全拋了那些紛紅亂綠？有理想是好事，但看明白了理想不那麼好實現從此踏實過日子也倒不壞。創事業或過有品的生活都需拚力而為，但拼得呲牙裂嘴就不好看了。

還有，人家洪晃個性十足，不代表人家不懂事呀。個性這東西，有時反而是種成長中必然產生的垃圾，像「神六」飛天甩掉的那些輔助它上升的器械。你我都有梗著脖子和父母爭執不休、覺得自己無比英明的時候，可這個階段必須得過去，否則父母就幾乎讓你氣「過去」了。

我媽媽說：世上只有狠心的孩子，沒有狠心的父母。與你斷絕來往一定也是因為你的不聽話。收收你的心，趁早與大開大闔的「大女人夢」從此別過，做個衣香鬢生的小女人，像媽媽一樣生活，儘早讓媽媽重展歡顏，被領回家去才最乖。

怨婦當自強

（罵完了熱鬧完了痛快完了，人人還得自個兒回自個兒家是不是？回去後孤燈冷竈、煢煢孑立、心下黯然，恰與剛才的「群雄逐鹿」、豪氣衝天和嬉笑怒罵形成強烈反差。而詈聲髒字言猶在耳，鼓噪得人心裡更是不勝其煩。唉，罵是最無力和無賴的治人手段了，誰都知道，罵人從來罵不掉人家半隻膀子，只有傷了自己一顆不甘的心。）

簡墨：

你好！

提起來就傷心。最近，我結婚12年的老公變心了，都把我氣瘋了。我給他照顧父母帶兒子，還要上班，哪一條對不起他呀！他的良心叫狗吃了嗎？孩子都這麼大了，馬上上大學了，他就不想想，今後孩子怎麼辦？這個家庭少了他還算個家嗎？前幾天我參加了一個協會，成員都是和我同樣遭遇的女人，我們經常聚會，一起吃飯、聊天，不知不覺中時間就過去了。朋友多了真好！我不再覺得自己是唯一的倒楣蛋。就這麼一輩子和她們做伴過下去也挺好的。我在家也打了也罵了也給他父母告狀了也上他單位鬧了，可他還是堅持離婚！我都沒輒了......

我是一棵樹

你是一棵樹：

你好！

天哪，參加一個「怨婦俱樂部」......我覺得沒有比這更糟糕的解決方式了。

我一向不主張女人用「罵」來解決問題——這根本與我是女性主義還是女權主義無關。如同人的性格具有多面性，主義們也是相互交叉相互滲透

的。別管這主義叫「女性」還是「女權」，只要是有利於我們身心愉悅的就是好主義。

怨婦居然多到可以組成團隊了！這叫人不由對婚姻的意義起了些許惆悵──難怪尼采說，愛情最大的懸念在結婚之後。現在看，您還哪有什麼懸念？簡直就是案件告破、劍指元兇啦！喏，眾多怨婦在一起，多半是口水汪洋苦水汪洋，一起罵那些「狗男人」，瘟疫一樣，壞情緒交叉感染。罵完了熱鬧完了痛快完了，人人還得自個兒回自個兒家是不是？回去後孤燈冷竈、煢煢孑立、心下黯然，恰與剛才的「群雄逐鹿」、豪氣衝天和嬉笑怒罵形成強烈反差。而詈聲髒字言猶在耳，鼓噪得人心裡更是不勝其煩。唉，罵是最無力和無賴的治人手段了，誰都知道，罵人從來罵不掉人家半隻膀子，只有傷了自己一顆不甘的心。

女人一起罵男人和男女對罵，都是多麼沒風度沒意義的事啊！折辱了自己還不算，沒準兒還成為下一個回合的炮引子，直把婚姻轟炸得逼進半截胡同。而真正的出口在於坐下來，觀察事態，思考自己的出路。所以說，「坐看雲起」這四個字裡有深意在，舉重若輕，然又光風霽月，渾厚天成，卻也穩重和平，要十分用心才可以做到。不能下半輩子在負氣中度過對吧？那樣對自己太不負責啦。

唉，有朋友是很好，可朋友再好再多如繁星，也抵不過一個家的光亮啊。我想作為女人，無論改造還是再造，我們都得努力──還是有一個家比較靠近澄明溫暖的人生。

在世俗的種種體驗中，總有一些東西讓我們痛徹心肺，恨不得把它們塗黑，然後按「刪除」鍵，從此一了百了。說到底，療傷還得靠自己，我們必須挺起脊，刮骨療毒，消毒、剜肉、剔骨、縫合……一樣都不能少。可是您一味出離憤怒，就這樣爛著，它就擴大、化膿、生蛆、壞死……一樣都逃不脫。

不怨懟，不盛怒，只靜平和地對他說：別吵了。到老我都會記得我們年輕時曾經的那些美好，祝福彼此好嗎？我想這句有情有義的話一定比一千句高分貝的斥罵更能讓他不安，如果他尚存一絲良知，或許還生發出一點點暗悔。這種收鞘豈不更好？愛情睡了，睡死了，植物人了，永遠醒不過來了，並且周遭植物、動物、桌子、椅子、鍋竈、書……一切都睡了，那麼不妨開步走，去遛遛腿兒，也許會有另一番風景等你張大嘴巴驚呼「好美」。

其實，較之飲恨和哀矜、罵罵咧咧、打打殺殺，一笑泯恩仇，然後一拍兩散、再不相見，未嘗不是怨偶們最好的結局。

培養一點愛情潔癖

（在人生的考場上，有時0.5分都是一道分水嶺——從此，淮南為橘，淮北為枳。你繳械，就是怨婦；你英雄，就樣樣紅。事已至此，是英雄要上，不是英雄冒充英雄也要上——把他撤下頭條，生活照樣生旦淨末丑，很可能來得更精彩些——他還不是底線嗎？隨便活活都比那樣夢魘般的日子要好過吧？）

簡墨：

你好！

說說我的感情問題吧，請您耐心聽聽：……我的男友人倒不錯，對我也很好，看不出什麼不正常來。可就是天天應酬到很晚，身上常常帶有可疑的香水味。不過，我相信他是愛我的，相信他的表白（他說他只是逢場作戲，生意場上人家都這樣，沒有辦法）。可是有一天，我在他車的後座上發現了一個用過的避孕套！我當時都快死了。曾經以為天長地久的戀人原來這樣口是心非！我一下子崩潰了。不過，在他的苦苦哀求和不斷發誓的情況下，我還是原諒了他。我有什麼辦法，我離不開他呀……

小杉

小杉：

你好！

真搞不懂，為什麼很多時候，男人的嘴臉已經昭然若揭、女人卻決然不肯承認真相？她以為他愛她，永永遠遠，不過是一時糊塗；豈不知，他不愛她，再不回頭，欺負她一世糊塗！

你不得不承認：這世上就有一種男人，他的愛（更確切地說是他的慾）好像水龍頭失靈，一旦有略略平頭正臉的、體格風騷的甚至穿戴暴露的，他就灑向人間都是愛——「嘩」地把人家給兜頭兜臉地給罩上，正所謂「狗攬八泡屎，泡泡舔不淨」——你以為呢？世人都曉藤纏樹，還真就有樹纏藤。

此類傢伙總稱花花公子，是女人集體討厭的類型，雖然她們喜歡的類型各不相同。

可是他「失靈」一次也罷，偏偏就是修理不好，一而再、再而三地弄得溼答答地無法收場，可你還讓他回你的家、吃你的飯、穿你的衣裳、睡你的床——他以為你是白癡呀？

愛情這東西難免種瓜得豆，你認了，心甘情願也就算了。問題是，你心甘情願嗎？你心甘情願就不寫信給我了。我的愛情觀是：投之以木桃，報之以瓊瑤；投之以標槍，報之以匕首。已然是你無論怎麼勸自己，都不得不承認他每一個毛孔都浸著虛偽了，還留他何用？只剩三個字：殺無赦。

當然不是要你真的殺掉他，是斬斷情絲。要曉得戀愛就是殘酷競爭，優勝劣汰。輸掉了那個，只有自己擦乾眼淚，換個戰場，重新來過，贏得這個。

否則怎樣？在人生的考場上，有時0.5分都是一道分水嶺——從此，淮南為橘，淮北為枳。你繳械，就是怨婦；你英雄，就樣樣紅。事已至此，是英雄要上，不是英雄冒充英雄也要上——把他撤下頭條，生活照樣生旦淨末丑，很可能來得更精彩些——他還不是底線嗎？隨便活活都比那樣夢魘般的日子要好過吧？

在20世紀40年代的經典電影《Gaslight》中，那個花心的丈夫用盡了所有的批評與控制性的手段，把自己的妻子逼瘋了。是的，他花心，就挑剔你，否定你，使你不優美，不高貴，使你備受折騰。而女人是水做的，是靠愛培著養著才潤澤的，是折騰不起的，如是三番，女人就老得沒法看了。

還是要相信，真就有那樣的男人，他雙手有力，懷抱溫暖，笑容澄澈，內心忠誠，是給一百個壞男人都不換的。其實，在那些不聲不響的人群裡，可靠的人是很多的——喏，你看那橫過馬路的，沒有丈夫不攙著孕妻。他或許不夠特別優秀，但他一定不是太壞。

人生最緊要處，須得放膽，方可踰越。當作丟掉一塊髒兮兮的抹布好了——他不乾淨我們還要乾淨是不是？培養一點：「愛情潔癖」，才不至於在那場腐爛的戀情裡越攪越髒，失盡顏色。

愛他在心口要開

（那些個韋莊、李煜、溫庭筠們，不可不謂風流千古的性情中人、男人中的智者和情種，也喜歡「笑向檀郎唾」的波俏女子呢。原本嫻雅的女孩若是主動特別令人心動。有時候，一副健全而豐美的人格比一張美輪美奐的臉更具磁力。紅顏易老，女人最後拼的還不是這個？）

簡墨：

你好！

......他是我身邊的人......呃，就是因為太近了才真難接近呀。暗戀他已經很久了，他是我們同一個辦公室的同事，比我早來半年，卻像個大哥哥，又穩重又懂事。他英俊、聰明、紳士風度，他的一舉一動、一顰一笑都牽動著我的心，甚至他的齷齪都讓我心動。我知道自己已經深深地愛上了他......可是我天生是個害羞的女孩，父母從小就教育我：女孩子一定要有尊嚴，要矜持，這樣人家才會看重你尊重你，不能因為嘴饞就去吃男孩子請的飯......我是女孩子呀，無論如何就是開不了口對他說「我愛你」這三個簡單的字......

睡蓮

睡蓮：

你好！

唉，如果你老這樣，那你就睡吧，早晚被人家醒得早的逮走，所謂「早起的鳥兒有蟲吃」。

你想，如果愛上一個人，總是像溫吞水一樣膩膩歪歪、磨磨唧唧，多難受呀？不說人家怎麼知道？多少感嘆與真愛失之交臂的人，簡直有點活該。光像個18世紀的所謂淑女似的，悶著，再好的愛情也不會自己找上門來的。有個故事，大意是這樣的：男孩追女孩8年，送了999朵玫瑰花，雖然女孩也對男孩一見傾心，但她就是一直不表態，內心是想他送花送到1000朵上就答應他。那男孩不知道她的心思，結果沒能堅持到最後，在即將成功的一瞬轉身離去......不說搭進去的時間和精力，單說費的那份苦心、受的那些折磨，是不是也十分不值？即便人家不愛我們，甩甩頭，讓它去，絲毫不耽擱什麼，吃飯穿衣，該怎樣就怎樣，並且對每一段情感都懷

有美好的記憶，不好嗎？因為那明明白白是我們想要的，無論結局怎樣，甚或無論過程怎樣。說到底，愛就要表達，管什麼先什麼後，主動一點，還占得先機，即使不成，也絕不遺憾。

而且，主動有主動的風韻呢——那些個韋莊、李煜、溫庭筠們，不可不謂風流千古的性情中人、男人中的智者和情種，也喜歡「笑向檀郎唾」的波俏女子呢。原本嫻雅的女孩若是主動特別令人心動。有時候，一副健全而豐美的人格比一張美輪美奐的臉更具磁力。紅顏易老，女人最後拼的還不是這個？我曾經認識不少女孩，在某一個時段，她們會突然暗暗喜歡上了某個男人，但是，因為害怕被拒絕，只能把那種淡淡的情感隱藏在內心。喜歡寫日記的女孩在那段日子裡會向日記本傾訴，不喜歡寫日記的則會向某個完全不相干的人（譬如說我）說說自己的心事。這一切行為都是徒勞，那個心愛的男人不管這一套，你眼睜睜看著他擦肩而過......悲劇就是這樣發生的。

其實，許多男人也是很內斂的，他們比女孩更不善於表達感情，他們比女孩有著更多的顧慮，正如王家衛電影《東邪西毒》裡的那個歐陽鋒。歐陽鋒那句話是這樣說的：「與其被別人拒絕，不如首先拒絕別人。」事實上，許多優秀男人都會像西毒一樣懷有這樣的尊嚴感，因而在情感上愈發自我封閉，越是像西毒那樣在事業上有成就的男人越是這樣。真奇了怪啦！愛情從來就是：你不開口，他（她）就走掉。愛了就說吧。

拿《紅樓夢》裡的人物做比方吧：主動的女孩只要不過分——不一覽無餘、愚鈍無知、做「傻大姐」狀，不瘋瘋癲癲、沒心沒肺、做「鮑二家的」狀，不執迷不悟、九死無悔、做「尤三姐」狀，就挺好的。

婚姻的妙用

（一個一向貪玩、驕縱、徹夜泡吧的男孩子，突然到下班時間就急匆匆忙不迭不顧同伴的笑話而疾奔回家時，抑或一個嬌氣、任性、有些野蠻的女孩子，似乎突然之間，變得眼神溫柔、笑容澄澈，天心開闊，端肅嫻雅，臉上呈現出聖母般的光芒，比以往任何時候都美麗......我們就知道，他（她）已然做了父（母）親。婚姻幫助我們再成長。）

簡墨：

你好！

應該說我和男友感情還算不錯，可戀愛三年，激情漸漸淡了，很像老夫老妻的感覺。這使我很恐慌：難道就這樣踏入婚姻嗎？現在就已經沒有了激情。其實我們之間早就平淡如水了：平時的業餘生活就是他打電玩，我看電視，我做飯，他刷碗……有時還吵架，吵得很兇，可兇完了還是老樣子，什麼味道也沒有。我真不敢想像我們結婚後的生活，也不敢想像有了孩子後生活的一潭死水。其實，孩子我已經有了，就是沒有告訴他，我在觀察，如果生活就是這樣持續下去的話，不是他離開，可能就是我離開……

宛若

宛若：

你好！

我也曾經和你一樣，有著差不多的感受：每每有個男人對我說「我會永遠愛著你」的時候，總覺得這句話肯定有語法錯誤。現在不了，曉得那不過是他誇張手法的一次不自覺的運用。哈，心理健康了許多——我把對婚姻用途的誇大其詞和婚姻害處的枉自打壓都叫做愛情心理不健康。我要說，我們不應該傷害婚姻。如你所知，我們到處可見、又不在意的是葉子對根的傷害——榨它的汁，吸它的血，卻欺負它的無跡，無視它的存在。正如婚姻中人對婚姻的傷害——享盡它的快感，受用它的安穩，卻厭倦它的庸常，消弭它的零碎。其實，滋養婚姻的，恰恰就是那些庸常的、零碎的細節，諸如你冷了我熱了，添衣減衣；你疼了我癢了，敷藥搔癢；你煩了我悶了，撫慰照拂……至於最初的火熱甜吻，也漸次演化成溫情擁抱——他（她）受傷或自己受傷時，愛人是最管用的一貼藥膏呢，細密地貼在痛處，看肌膚結痂、脫落、滑潤光澤，完好如初，散發出蜂蜜般的綢繆香醇……因此人生也便沒有什麼不可抵擋。

婚姻的另一用途還在於：他（她）可以幫你孕育一個孩子，這是身為人類尤其是女人最美、最有價值的歷練和經驗。曉得啦？孩子是這甘苦人間賜予你最甜蜜、最神奇的禮物呢。你不成為父親或者母親，是無法體會其中的曼妙滋味的。我們常常看到，一個一向貪玩、驕縱、徹夜泡吧的男孩子，突然到下班時間就急匆匆不迭不顧同伴的笑話而疾奔回家時，抑或一個嬌氣、任性、有些野蠻的女孩子，似乎突然之間，變得眼神溫柔、笑容澄澈，

天心開闊，端肅嫻雅，臉上呈現出聖母般的光芒，比以往任何時候都美麗……我們就知道，他（她）已然做了父（母）親。婚姻幫助我們再成長。從某種意義上說，我們前期青春飛揚，倩舞翩躚，自然是別有洞天；後期有了婚姻，做了父母，沉潛至此，才真正踏入人生勝景。

我贊同婚姻裡要有激情，但只有激情是不夠的，那東西顯然不可靠。

記得羅蘭·巴特曾說過，靈性、優雅、欣快、安樂……皆是養生術，而激情是一種類似崩潰的東西。愛情使得我們人生完滿，婚姻則將我們提升到一個更高、更朗潤的層次：除了飽滿的激情，還有天然的欣賞、貫穿始終的喜歡、很多心疼、一點點憂傷、怎麼看怎麼可愛……等等等等，卷軼浩繁，不可歷數。只有有了這些，激情才可以有更加豐美的內容，也才有更加持久的可能。再說，在人生的後半段，濁浪排空，一點一點地，誰能不失去？什麼不可以失去？失去童貞，失去夢想，失去智慧，失去美貌，失去健康，失去親人，失去自己……當然，包括失去激情。

我不是特別贊同婚姻裡的責任意識，因為特別強調這一點，勢必大大削弱了愛情的優美性，如花間喝道，苔上鋪席，是謂殺風景。有愛在，責任便不離左右。這是我的一孔之見，有待商榷。

我們永遠在一起

（您看大街上人來人往，各色人等都面無表情，是不是其中一半的人都有著或者將有我們的憂傷？是不是最終人人都有了皈依宗教般的表情？唉，就這樣，像基督徒被一個個扔向獅子，在生命的旅程裡，我們人人都要經歷剔骨的疼痛，無一例外。譬如，生離，譬如，死別。）

簡墨：

你好！

我的母親最近去世了，就是在七天前，心肌梗塞，突然地離開了我。平時她的身體非常好，好得在她離開的時候都沒來得及把存摺密碼告訴我的父親——我們原本以為，母親一定能長壽，或者說，我們根本沒有想過世界上有這樣一件如此殘酷的事！比沒有錢更加殘酷！甚至比壓傷我一條腿更加疼痛！我的整個世界都被擊垮了，每天每天，我都是以淚洗面。吃飯、睡

覺都成了問題，事業也放下了。丈夫苦口婆心的勸導也無濟於事，朋友們也為我著急、難過……可是，這樣的人間痛，叫我怎樣去承受？！

傷痛的楊子

親愛的楊子：

您還好嗎？

記得俄羅斯有曲童謠：「願天上永遠藍瓦瓦，願人們永遠笑哈哈，願世上永遠有媽媽……」可是，您和我都知道，那是不可能的：總會有陰霾密布的天氣，人們總有哭泣的時刻，媽媽也終會遠走。時光的大水，終將吞沒所有，沒有誰可以幸運地繞得過去。

您看大街上人來人往，各色人等都面無表情，是不是其中一半的人都有著或者將有我們的憂傷？是不是最終人人都有了皈依宗教般的表情？唉，就這樣，像基督徒被一個個扔向獅子，在生命的旅程裡，我們人人都要經歷剔骨的疼痛，無一例外。譬如，生離，譬如，死別。

我們能怎樣呢？只曉得，和媽媽分別後，從此的所有快樂都被打了折扣。有時，它只有一折。

只有這麼想：人的生存狀態，也許正如水的存在形式，白雲、水和水蒸汽，活著，是水，逝去，就是白雲，或者雨——想念了，可以仰望。正所謂不墮不滅，無死無生。

我們曾經看過電影《超人再起》，還記得那樣一個細節嗎？超人將爸爸的力量繼承了以後，又在自己遠走之前傳遞給了兒子，他說，「我隨時和你在一起。」至此我不由淚盈於睫：是的，人、超人和神有什麼區別？人和物又有什麼不同？我們是媽媽的春天裡的第一抹綠，從那時起，我們就住在了彼此的身體裡，再沒分離——我們生生世世都將永不分離。

而且，我一向尊敬的、睿智的詩人女友Y這樣勸導過我：親愛的，你可以替媽媽活下去呀！是的，我也要對您說：親愛的，讓我們替媽媽活下去。我們曾是媽媽身上掉下的骨肉，現在，媽媽是我們身上的骨肉——我們比以往任何時候都更接近媽媽。就這樣，媽媽永遠住在了我們左邊胸口這個地方。

非但活，還要像媽媽一樣，活得無比美麗：嫻靜並淡定著，優雅而有力

量，臉上有微笑，心裡有希望。

那一年，我用了很多很多時間，才思索出一句勉勵自己的話：「我們永遠在一起」，並且把它無償轉贈我的小妹，小妹又無償轉贈給我們博學的爸爸。在這裡，把這對我而言十分管用的二十一字箴言（不好意思，是不是太霸道了？自己說自己的話是「箴言」）無償轉贈給您──試一試，真的很管用的。每當心抽縮得無法忍受時，默念它好了：「媽媽，您自己好好的，我們也好好的，我們永遠在一起。」

媽媽的眼睛是星星點燈，在胸中，暖暖地照我們一路趟渾濁的歲月大河堅強前行。祝我們快樂。

生人勿近

（其實很多東西，好也罷，壞也罷，過去了的，都可以忽略不計了吧？因為過去了就是歷史，任你老天拔地它不改變分毫。也是我自己的感覺：把那件舊衣放在那裡，可以晾晾曬曬，可以檢檢看看，但決不可以再穿了去人群裡招搖，就像對於曾經的愛人，可以一直喜歡，可以偶或想起，可以安慰，可以祝福，就是不能夠碰。）

簡墨：

您好！

大學時，我曾經有一個情投意合的戀人。因為畢業分配的緣故，我們分開了。那時，我們的感情是非常好的。由於她分手時十分決絕，把我拋在馬路邊上，自己騎單車飛速地跑了，我一直等在那裡，盼望她回來，但是，我整整等了一夜，她也再沒回頭。這最後的分手曾經令我十分傷心，並且對於以往的戀情一直不能釋懷。前幾天，她出差到我所在的城市，對我說她還是喜歡我，心裡放不下我，提出來重修舊好，還約我出去見面。我有些猶豫：能接著做朋友嗎？是見還是不見？我和妻子感情還算可以，我猜和我們中國普通人的感情生活差不多吧，不好，也不壞；沒有多少話說，卻也波瀾不興。可我還是忘不了初戀情人。我該怎麼辦？請您一定給我回信。

……

迷惑的王磊

王磊：

您好！

放眼看去，似乎人人有著不成功的、隨風而逝、好夢般的初戀。至少我接到的郵件和我自己，都是如此。

我們和我們初初相識的那個人總是不能唇齒相依地錯過著，雖然我們不想這樣，可還是這樣了。還記得電影中蘭波對魏爾倫說過的那句話嗎？「那不是忠誠，只不過是懷舊」。真相總是寒冽的。我不曉得你的初戀女友當年屬於哪種類型，但大抵是她先提出的分手對嗎？那麼讓我們來做這樣的分析，來建議你的行動：

1、她品質良好，但脆弱，沒有主見，像個小女孩。那麼現在或許她長大了，懂得自己的錯了，有一點彌補的意思。建議：你可以試著和她做比較要好但「止乎禮」的朋友——感覺應該蠻美好的。

2、她有點水性楊花，漂亮，一向不乏追求者。那麼或許她空虛一點，拿你做做填空。

建議：你可以曉以大義，看做一般朋友可不可以。

3、她根本就是逢場作戲，校園裡找個人玩玩。那麼她現在又想玩你了。

建議：你可以……逃。

她現在的狀況也可猜測有四種：

1、婚姻狀況良好。你是她的甜點——有點酸甜；

建議：見面並聊天。

2、婚姻狀況一般，你是她的想念——有點危險；

建議：見面少聊天。

3、婚姻狀況極差，你是她的懊悔——你完（男人的憐香惜玉的本性、尤其是對自己心儀的「香」和「玉」的憐惜簡直無可抵擋）了。

建議：見面不聊天。

4、婚姻狀況……沒什麼狀況，就是有點「結婚狂」的勁頭，你……天，

你是她的念想兒──她完（女人怕死了那種死纏爛打逮誰愛誰的變態動作）了。

建議：不見面。

其實很多東西，好也罷，壞也罷，過去了的，都可以忽略不計了吧？因為過去了就是歷史，任你老天拔地它不改變分毫。也是我自己的感覺：把那件舊衣放在那裡，可以晾晾曬曬，可以檢檢看看，但決不可以再著了去人群裡招搖，就像對於曾經的愛人，可以一直喜歡，可以偶或想起，可以安慰，可以祝福，就是不能夠碰──詩人不是說「過去的都將變成美好的回憶」嗎？那，就讓它在心裡靜著、風乾著、拷貝著、乾花一樣永遠美麗著，時光也不可以損耗它一分──我也曾是人家的初戀女友，也曾拋棄過別人，也曾暗暗盼望他以後的她千萬不要比我漂亮、比我聰慧……但那是錯的。過了30歲，就知道錯了。如跟我十分喜歡、百忙中也在第二遍看著的韓劇《冬季戀歌》中一樣，讓我們傷人和受傷的都平息了幽怨，過濾了癡迷，把美好繼續，把其他刪去，不好嘛？因此總的說，「依然喜歡我」好，「重修舊好」不好。

或許我是骨子裡太傳統的人，而且祈望人生唯美、生活不殘。你未必能夠認同。隨便你，反正這裡面沒我什麼事兒。

願你和你的女友、妻子都快樂、至少春節快樂！

愛情之「繳槍不殺」

（可不可以一瞬當作永遠活？可不可以一天當作一生過？可不可以訣別在這個柳葉如眼、桃花如屬的春天？──就讓下頜輕輕抵在她的額和髮間，在初初相識的地方，以輕吻和微笑完成兩個人的地老天荒。然後，然後撇開手，向右走，向左走，不再相見？）

簡墨：

你好！

幾次提筆，幾次躊躇。終於還是決定一吐為快。

我現在的婚姻完全是個錯誤──當初年輕，而且又是雙方家長中意、拍

板的，算是另一種形式上的「包辦婚姻」。妻子是個十分一般的人，從相貌到才華，都是如此。而我是個特別欣賞女孩子才華的人。而且她性格孤僻，愛盯我，愛吃醋，我越來越不能忍受她的無端猜疑。一次偶然的機會，我認識了一個女孩，她是那麼優秀、聰明、美麗、更難得的還有善解人意。我們是那麼的契合——我們都分明感到真正的愛情降臨了！我發誓我絕對是一個正直、善良、有責任心的正人君子。但現在我的心中無時無刻不充盈著她、想念著她。簡墨，你說我該怎麼辦？！

苦惱人

苦惱人：

你好！

從大同小異的來信中選中你，我不免有些憂傷。

我50% 地信任你是個正人君子（如果你講的是真話，那麼你無疑是真誠的）。但是這樣的事情不是你是正人君子就能夠輕輕抹去一切的。其實幾乎所有的人在一生中，總能在不合適的時候和地點遇到自己更為心儀的人——他（她）那麼執拗地來臨，不由分說，讓我們無法躲閃。於是故事輪番上演。

然雖每個人的故事各各不同，可最終的結局似乎都一樣——皆大歡喜只是一個夢想，總有因了受傷而傷心的人。

你講你的婚姻「完全是個錯誤」，那麼是誰釀成的這個「錯誤」呢？作為當事者的你，能夠可以推得開所有關係？——我這麼說你一定覺得我一副不仁慈，要衛道的德行。別林斯基說過：「愛情是兩個相似的天性在無限感覺中和諧的交融。」，我十分理解你的感受，也同情你的際遇。但難道你巴望我慫恿你去追求「真愛」嗎？不，我一向是追求真愛的宣導者，而且是先行者呢，其中辛苦是不足為常人道的。正因為懂得追求的艱難，懂得裡邊的刀槍相見、血淚橫濺、流言飛迸和體無完膚，才更要勸誡你：讓我們尊重這個錯誤——姑且我們認為這真的是個「錯誤」。

是真的猛士、無所畏懼又怎樣？你得為女人們負責，包括你的「真愛」。你知道，那樣熾烈的情感，是一種瘋了癡了般的戀愛。當你的心裡橫七豎八塗滿了一個人的名字，像無時不在的魔咒，真的可以讓她慢慢地消瘦、慢慢地滄桑、慢慢地更改了模樣。那些傷害，那些愛情的病毒會一點

一滴滲入並且啃囓她的肌體和思想，把原本沒有的想像、嫉妒、怨尤、仇恨、懊惱……注入「真愛」，而且愈是愛切，入之彌深，最終會耗盡了你們的力量——那些真正的愛——姑且我們認為那真的是「真愛」。

若愛她就不要害她吧。因為你沒有絕對的把握帶給她幸福，卻一定會使她經歷苦痛。算了吧，就這樣忘了吧，生活大書的大部分內容分明重重疊疊地寫著：繳槍不殺。——否則，哼哼，去死吧。

可不可以一瞬當作永遠活？可不可以一天當作一生過？可不可以訣別在這個柳葉如眼、桃花如靨的春天？——就讓下頷輕輕抵在她的額和髮間，在初初相識的地方，以輕吻和微笑完成兩個人的地老天荒。然後，然後撂開手，向右走，向左走，不再相見？

男人忙吧忙吧就是罪

（再忙，也要靜下來，隔一階段，好好談談天，就是談談情嘛—— 我認為的「夫婦和合」「百年好合」就是兩個人的、真心的、一直不斷的甜言蜜語——狀態：不矯情；時間段：一輩子。——你愛她你就不矯情，你不喜新厭舊你就能夠一輩子。）

簡墨：

你好！

首先坦白：我非常愛我的女友，她是我一生中唯一的天使。但由於我的工作性質決定，整天忙於公務不說，應酬還特別多，經常到晚上一、兩點才完事，禮拜天也基本上全在外邊。她經常埋怨我不給她打電話、發簡訊、說我愛她……什麼的。說實話，我都累死了怎麼有精力有激情去看她哄她？開始時她不是這樣的，可最近她越來越暴躁，一提我忙這事就煩。我做不到時時陪她照顧她，她就鬧分手……您也知道，這年頭兒，你不努力就沒有位子，我如果不趁年輕努力上進，到時候拿什麼來愛她？怎樣給她一個她滿意的生活？這話也不是沒對她講過，我想她一定也知道我的苦衷，但就是到時候戰爭就突然爆發——女人呀，真是叫人怎麼做都不是！真叫人苦惱極了……

我是笨人我傷心

你是笨人你傷心：

你好！

你可不是笨人你傷心唄你——活該！

本來我不願意做成一副「婦聯」的德行想保持住淑女形像一直到永遠，但太氣人了吧你——我還告訴你，我手頭遇到你這樣著三不著兩的人的案例還不是一宗兩宗了——傷心的笨人們你們都給我聽著：

你們女友、老婆的信我可都收到了，今兒竟然也有你們本人來倒打的了——且讓我來問你：

一、你的工作就那麼重要嗎？比總理都忙？

二、你的應酬就那麼重要嗎？比幸福都不可錯過？

三、你的女友就那麼不重要嗎？戀愛中都得不到哪怕假裝的激情和熱情？

四、即便你的工作重要、應酬重要、女友不重要，那麼你犧牲點寶貴時間跟人家「拜拜」好不好？這樣你拖死人家了。

你肯定有理由反駁我，無非如此：

一、大男人事業為重，工作當然第一；

二、我這也是為了將來的家庭更富足、妻兒更舒適而奮鬥；

三、做男人很難，壓力使然；

四、誰願意喝那個酒？不是沒辦法嘛？！

哎，我說，「你是笨人你傷心」，你有你的難處和委屈，說你多麼讓人不齒也冤枉你，但你知道等在家裡的那個人的心情嗎？很多時候，她需要你的一個電話，只不過是有點擔心你的行車安全；她盼望你早點回家，僅僅是為了讓你在沒有涼透之前品嚐一口她為你精心烹製的滿桌佳餚......女友更是需要倍加呵護的：她愛上你幾乎每時每刻都在動你的腦筋，她思慕你盼望你暗想在她最美的那一刻見到你......女孩子的心是含苞的蓓蕾，不可以有一絲一毫的輕慢、不在意呢。

唉，你一定還是要強調你的生活壓力、生存壓力、競爭壓力......如果是

因為壓力就得丟掉一應美好、得過且過的話，那我們就不要做人嘍——我們去做豬好啦！

總是忙，沒有個頭，沒有個盼頭，倒也是一種生活方式。只是就這樣，一生就過了——你不悲哀？哼哼，拜託，有骨氣一點好不好？再者，忙也罷，可女友這邊，你為什麼不及時和徹底溝通呢？交流上出現問題往往是感情危機的前兆哦。再忙，也要靜下來，隔一階段，好好談談天，就是談談情嘛——我認為的「夫婦和合」「百年好合」就是兩個人的、真心的、一直不斷的甜言蜜語——狀態：不矯情；時間：一輩子。——你愛她你就不矯情，你不喜新厭舊你就能夠一輩子。

有時候，或許兩個人原本是相愛的，但是由於操作上的失誤，出現了誤會，造成愛的不對等，或者「時間差」，真的很讓人扼腕的。

你不像個壞蛋——所以，給你支招兒：如果她就是因為這要和你分手，你就告訴她：我愛你，我離不開你！反覆地說，大聲地說，必要的時候可以淚眼婆娑。懂不懂？無論怎樣怒氣咻咻，只要不是原則上的問題，她總會有所原宥——女孩子的心其實還是如佛一般慈悲、雲朵一樣柔軟呢。

這個男人無能

（當他得到白蛇，她漸漸成了朱門旁慘白的餘灰；那青蛇，卻是樹頂青翠欲滴爽脆刮辣的嫩葉子。到他得了青蛇，她反是百子櫃中悶綠的山草藥；而白蛇，抬盡了頭方見天際皚皚飄飛柔情萬縷新雪花。春是你的春，冬便歸她，沒有誰可以占盡風情。）

簡墨：

你好！

不誇張地說，我很帥，有點明星臉的意思，很多女孩都向我表達過她們的愛慕之情，而我也喜歡這種被女孩包圍的感覺，從來也沒有過什麼事，一直很過癮。最近，卻遇到一點麻煩：一個女孩誤會了我的感情，竟對我動了心，成天纏著我，哥哥長哥哥短的。我想這種事反正男人也沒什麼虧吃，於是就順水推舟、半真半假地和她談起了戀愛，有時間就和她在一起，把所有的都做了——該做的不該做的。現在，我已掉入一個漩渦，沒法退步抽身……

天知道，我真的、真的不想跟她結婚啊！我根本不知道我想要和什麼樣的女孩子結婚呀？簡墨，請指條明路，我怎麼辦？！

偷心賊

偷心賊：

你好！

你不好。

你的異性緣一點都不讓我羨慕——貓一樣，哪家好過到哪家去過。好像蠻順，其實蠻可憐的，我想有點偏愛無能一類。而只有為愛哭過傷過滄桑過並充滿感激的人，才是真正懂得愛之快樂的人。

你不過20歲的樣子，卻活成了一個沙漏——經過了，卻無痕。像日、韓劇《情書》、《冬季戀歌》裡面詩樣雋永的暗戀、初戀，那種一生難忘的滋味，你根本不曉得。而20歲意味著什麼，沒有誰比20歲不再的女子更明白它的價值，正如我在這個秋日午後所感覺到的——我為你不懂得青蔥時光的好而輕輕歎息。

至此想起李碧華與張愛玲媲美的一段話：每個男人，都希望他生命中有兩個女人：白蛇和青蛇。同期的，相間的，點綴他荒蕪的命運。——只是，當他得到白蛇，她漸漸成了朱門旁慘白的餘灰；那青蛇，卻是樹頂青翠欲滴爽脆刮辣的嫩葉子。到他得了青蛇，她反是百子櫃中悶綠的山草藥；而白蛇，抬盡了頭方見天際皚皚飄飛柔情萬縷新雪花。

就這樣，春是你的春，冬便歸她，沒有誰可以占盡風情。嘿，如果非要兩個，那麼我想每個女人也都在心中藏著兩個男人的——許仙和法海，一個用來牽手，一個用來依靠。那現實嗎？所以不如不想。被女孩包圍不是件壞事，正如錢多易生是非不是錢的錯——問題是這個主體他有問題；喜歡被女孩包圍、略略表達你的淺薄也不是你的錯——誰不喜歡被別人愛呢？而利用一個女孩的愛卻不想和她結婚，就是你的錯了。不說對她不公平，就說對你吧，即便「偷心」手段再高超、再令你自得，你又能得到什麼呢？只是一堆心煩和實際的麻煩！上帝在你的左手給你一些就會在你的右手拿走一些，祂是很公平的。誰也不要奢望得到太多本不應該屬於你的東西。曉得嗎？隨著女孩們對你的瞭解加深，挺滋潤的你會漸漸澀得像沒了油的馬達，一轉就冒煙——誰讓你那麼燒包來著？

告訴你一種真愛的感覺：清晨，雪白的米粥醇厚甘甜，碧綠的泡菜清脆微辛，加上一隻流出新鮮汁液的蛋黃，旁邊杯子裡一枝沁香可嚼的的玫瑰......那該是屬於被時光篩落過的浪漫，是純美如斯的暗戀、初戀之後的大美，需要你一點一點去細品。愛的光芒也許並不是光芒。

好了，你我皆凡人，累死也不可能閱人千萬、歷時千年。所以，與其過招在女孩堆裡得到一時搖旗吶喊的雜亂快感，不如有的放矢——靜靜地尋覓，然後，專心瞄準，射出你的愛箭，將她一生的情義斬獲。

學會愛。

東吃西眠是個美夢

（在幼稚的婚前，誰人不是言語鑿鑿要和身邊的另一個結髮一生、說得好像真的似的？唉，除掉少有的敗類活該世人唾罵，更多的只能歸咎於運命的翻雲覆雨手，根本和錯對無關。唉，愛情要的不過是安全和愉快兩樣東西，可它們如同生生世世的夙敵，總難得走到一塊兒。）

簡墨：

你好！

我煩惱極了，簡墨老師，請幫我指點迷津吧：她又提出分手，可我真的愛她呀！幾次了，分分合合的，都是她惱了，說我沒有誠意，但是我離不開她，沒幾天就又找她去了。我有家庭，女兒也很可愛。可愛上她是個不可救藥的事。自從和她在一起，我感覺自己又年輕了，有活力了，生活也有奔頭了。我們浪漫純情，整個的感覺像青梅竹馬。儘管建立戀人關係也很長時間了，她也極力對我的女兒好，女兒生日時，她還買了漂亮的花裙子讓我帶給她。她是認真的，我也不是假的。可由於怯懦，我不敢讓她見我的父母、不能帶她在公眾場合露面，也不能許諾給她一個未來......一年多來，我也覺得這樣拖著不好，對誰都不公平，一直想努力解決問題，可我是做業務的，成天跑東跑西的，已經夠煩心和勞累的了，哪有完整時間去弄那些討厭的事......

竹馬

竹馬：

你好 ！

一向討厭有家的男人對我喋喋不休，但聽得多了，也就起了惻隱：或者人在30歲以後結婚才更符合人性特點吧？20歲時不懂，40歲又懂過了，30歲勉強能撬開愛情、婚姻的一點點邊兒，還得說那有慧根的。可你瞧，國人30歲之前少有不婚的，然而誰娶（嫁）的是自己一生最中意的人呢？──那個冤家，他（她）來得不是太早，就是太遲。而在幼稚的婚前，誰人不是言語鑿鑿要和身邊的另一個結髮一生、說得好像真的似的？唉，除掉少有的敗類活該世人唾罵，更多的只能歸咎於運命的翻雲覆雨手，根本和錯對無關。唉，愛情要的不過是安全和愉快兩樣東西，可它們如同生生世世的夙敵，總難得走到一塊兒。

喏，你和許多人一樣，不甘於婚姻的平淡，又享不起真愛的奢華。兀自迴避那些「討厭的事」，卻終究把人家女孩子撂了荒──一年是個不長不短的時間──對人生，它確乎嫌短；對青春，它未免太長。任人再宅心仁厚，也不會總擠出一張如花笑臉來給你看的。你知道於連和雷納爾夫人的愛情嗎？它開始於桌下的偷偷握手，那樣純淨的激情是超越世俗的。但能一輩子接受「桌下偷偷握手」的愛情嗎？不能，情聖也不能。所以說，提分手是正常的，不粉拳相加就感謝上帝了。

而且，又有何益？那人珠淚偷拋或河東獅吼都是苦、是傷。不能唐突斥你不道德，但結局對兩者都算不得人道。

無論怎麼活，總要走或留得決絕的好。在別樣戀情裡，浪漫是陷阱的別名，陷阱的別名是優柔。而優柔是把雙刃鋸，把兩個女人的心都細細切割得血跡斑斑（劍不過才砍一下嘛）……唔，愛或不愛，都不該這麼殘忍吧？

誰人的罪還是誰來受，沒人能替你，沒時間也不是理由。就像超市熟食生食分放不同案板、決不錯亂一樣，儘快地使事態月朗風清起來吧。像古代那個貪婪的傻女「吃東家飯、眠西家子」的好事，從來沒有君臨過世間。

有錢也煩惱

（其實，女人同男人一樣，倒是不缺貨的，至少目前看來如此。因此，

一個蘿蔔一個坑，羅馬的歸羅馬，上帝的歸上帝，誰也別擔心自己輪空。這是老戲，百轉千迴而成夫妻，細水迢迢過生活。）

簡墨：

你好！我今年四十三歲，個人問題上很坎坷，離過婚，還帶著個孩子。我經過多年的艱苦奮鬥，到今天終於擁有了近千萬的資產，也算「守得雲開見月明」了。這人吧就是這樣，有了這個想那個，沒個消停的時候。我聘用了幾個能人給我把公司打理得井井有條，我自己也輕鬆了很多，閒在了很多。你看，不怕你笑話，事業上剛喘了口氣，這不我又悄悄為自己的終身大事著起急來啦。今年春天，我委託一家婚介公司在刊物上發了一個徵婚啟事，還特別標明是「千萬富翁」。沒想到，很快就有了回饋，而且最近還更邪：18-30 幾歲的一百多個女孩子都寄來了照片，全國各地的都有，窮鄉僻壤的、大都市的、醜的、俊的都有，有的還約我馬上見面，比我還著急似的......簡墨老師，你說，這到底是好事還是壞事？我該找個什麼樣的妻子？

老李

李先生：

你好！

唉，照我看，在沒有見到你本人之前出現如此踴躍的局面，十有八九人家是瞄上你的錢袋啦——我表弟也剛徵了婚，一說明「租住民房」，談了兩個禮拜的女朋友立馬嚇跑了。在而今的女孩中找個非物質動物，難。尤其是「二手男人（對不起，我聽人家這麼說）」，應特別警惕。因為這種男人，一般在經歷了婚姻的酸辛之後，很多都成熟，冷靜，寬容，達觀，有一定的經濟基礎，並且，因為有了前人栽樹——那前任的刀砍斧斫，如果還沒有粉身碎骨的話，他對女人基本上已經變得溫柔，體貼，懂事，愛護，知道她要什麼不要什麼。因此，「二手男人」是不少女人虎視眈眈的「獵物」呐。

猜測您一定是個喜歡在外打打殺殺的人。這倒叫我想起電影《神鬼戰士》裡的一組鏡頭：英雄男主角臨倒下之前閃回，穿過一片麥田回家，老婆帶著孩子正在家裡等他。因此，一個英雄抑或戰士，這無疑是他心中一個最美的畫面，或乾脆說最美的夢。

其實，女人同男人一樣，倒是不缺貨的，至少目前看來如此。因此，一

個蘿蔔一個坑，羅馬的歸羅馬，上帝的歸上帝，誰也別擔心自己輪空。這是老戲，百轉千迴而成夫妻，細水透迤過生活。

然而我看您徵婚的事不是特別樂觀：沙子再多，也別指望篩落一塊金子。幹嘛要提到那麼多錢？這簡直是自絕於美好姻緣。如非要說錢，只虛虛實實說明自己「有存款」罷了。到尋得如意賢妻，非但給她一個驚喜，還顯見得自己持重穩健、具備良好的男兒範兒呢。您說是不是？

嚼舌根者當誅

（就是這樣，我們都不喜歡的一點小事情，正是我們的大煩惱。想破腦袋也不理解：為什麼似乎人人眼裡都有一大把的釘？損人而不利己。是不是也許是因為利己的快樂不是時時可得，且是異常難得，而損人的快樂卻是只消碰碰嘴唇，隨處可得——如果認為那是快樂的話？）

簡墨：

你好！

一點小事情，但確實是我的大煩惱。是這樣的：我的單位原本十分清淨，自然環境也好，是個做學問的地方。但最近，聽同事之間經常傳播些上司的壞話，而且大有愈演愈烈之勢。也是，我們那主管的確不怎麼樣，他不關心群眾，光想自己撈好處，過年了也不給群眾謀點福利，還把自己的小舅子安排在重點職位，項目專項資金也給他，最離譜的，是把他去年的工作成績挪到今年來充數！自然他工作考核是第一名了。人家說，我不大贊同背後說人，十分為難：跟著說吧，我最討厭「老婆舌頭」，而且背後嚼，那多不君子啊；不跟著說，又怕同事覺得我不合群而孤立我。……我該怎麼辦？

一丁

一丁：

你好！

就是這樣，我們都不喜歡的一點小事情，正是我們的大煩惱。想破腦袋也不理解：為什麼似乎人人眼裡都有一大把的釘？損人而不利己。是不是也

許是因為利己的快樂不是時時可得，且是異常難得，而損人的快樂卻是只消碰碰嘴唇，隨處可得——如果認為那是快樂的話？

我覺得在職場混，不能是非不分，也不能是非分明——辦公室從來不是一個個性張揚的地方。最好的做法就是緘口不論是非，用心做自己的事，一顆公正、清平的心＋一張乾淨、安寧的嘴＝安全地帶、快樂源泉。

當然，如果主管做得實在是看不過去，再忍，肚子就得漲破掉，那可以調動，也可以離職呀。否則，就得忍耐一時。到得一個極致，他自己就會漲破掉的。跟氣球一樣，你見過哪個人或球能一輩子那個漲法？

再者，雖則說點上司的小壞話幾乎已成為職場聯絡感情的錦囊妙計，但曉得嗎？一旦同事他與上司衝突或和好，都有可能一時衝動「嘩啦啦」把你賣個乾淨。他也許不壞，但就是保不齊他不賣你。生活就是這麼辨證。

女孩不喜歡錦衣夜行

（在外應酬，一般說男人不喜歡電話跟蹤，女人卻大都喜歡被男人電話跟蹤；男人認為他愛的女人狂問他幾點回家是一種恥辱，女人則認為被愛她的男人狂問她幾點回家是一種喜悅......唉，有時女人的這種毛病和她們的生理週期一樣無法控制。要怨就怨老天吧，袖老人家當初造人不慎，睡著了一樣，捏得我們七扭八歪，缺點橫生。）

簡墨：

你好！

我是一個在校學生，在讀研三。我一直不喜歡我的性格（我是一個十分內向和厚道的男孩子）。因此，我找的女朋友漂亮、活潑、聰明，非常外向，朋友們都說她很配我，我很滿意。可是她有一個毛病我不很欣賞，就是挺愛慕虛榮。......她有許多女友，常常在一起聚會。有時她就抱怨我說聚會時我不給她打電話、人家都打啦，她生日時我不當著她那些女友的面送她玫瑰花呀什麼的。我一直覺得愛情是兩個人的事，沒必要弄得人人都知道......

鬱悶

鬱悶：

你好！

呵呵。果然是人人心中有監牢！多大點事，也值得一惱？

你說，誰人能戒得掉虛榮？我說的是完全戒掉？你讀書，一再讀，讀了19年還在讀，有沒有一丁丁點的虛榮的成分？你找女朋友，不找醜的，還很漂亮，有沒有一丁丁點虛榮的成分？乃至你們男人的生活中，買買好車，吹吹小牛，有沒有一丁丁點虛榮的成分？雖然虛榮不怎麼好，程度也有重有輕，但一棍子打死是太重啦！

顯然你的女朋友的「虛榮」是隸屬程度「輕」的範疇內的。她不跟別的男人比你窮富，比你美醜，抑或外向內向，就瞇著吧，不要生事的好。

在我看來，女孩子尤其是戀愛中的大都是不喜歡「錦衣夜行」的，這和男人截然不同。譬如：在外應酬，一般說男人不喜歡電話跟蹤，女人卻大都喜歡被男人電話跟蹤；男人認為他愛的女人狂問他幾點回家是一種恥辱，女人則認為被愛她的男人狂問她幾點回家是一種喜悅……唉，有時女人的這種毛病和她們的生理週期一樣無法控制。要怨就怨老天吧，祂老人家當初造人不慎，睡著了一樣，捏得我們七扭八歪，缺點橫生。但，姑且算是一種甜蜜的毛病略略理解包容一點好了，如果你真的愛她。

勇者勝

（如你所知，有很多愛的分離恰恰是因為微不足道的細節而造成了悲劇——一根駱駝毛壓垮了一座山。像被脾氣乖乖、不吭不哈的老好人猛不踹了一個窩心腳，那滋味兒，怕是還不如被仇敵給手刃掉拉倒。而一旦他（她）離去，一切就都來不及，空自深恨一秋又一秋。）

簡墨：

你好！

很不幸，在今年歲末即將過去的這最後的兩個週裡，我和她大吵了一架，馬上就分手。

事情是這樣的：她慘遭她媽媽逼婚，所以她為了向她媽媽好交代，愣是在電話裡把我170的身高說成是180，月薪3000說成是年薪10萬，「月

供1500人民幣」和「一輛電動自行車」說成是「有房有車」......這不，馬上她媽媽就要從外地趕來見見我......簡墨老師，你說，看不上我也不至於這麼埋汰我吧？！我為此和她大吵一架，她把我看成什麼啦？想怎麼捏就怎麼捏？！我都想立馬激流勇退啦！這男人的面子呀！叫我朝哪兒擱！......

面瓜

面瓜：

你好！

天哪，愛情裡的人們果然都是盲了、傻了，至少腦子不好——在外邊人五人六，回家怎麼這麼假門假勢。呋，德行，真夠沒起子的。

這算什麼呀。如果你有一點點感覺，你就能知道：她愛你，才騙她（她媽媽）。她瞧不上你，才不這麼費勁吧唧騙親愛的媽媽呐。而且，你也愛她，且自卑透頂對吧？——你害怕啦，呵呵。

沒什麼的，收斂一下，很誠實地向老人家和盤托出自己的實際情況就是了，死不要臉都成。唉，如你所知，有很多愛的分離恰恰是因為微不足道的細節而造成了悲劇——一根駱駝毛壓垮了一座山。像被素日脾氣乖乖、不吭不哈的老好人猛不丁踹了一個窩心腳，那滋味兒，怕是還不如被仇敵給手刃掉拉倒。而一旦他（她）離去，一切就都來不及，空自深恨一秋又一秋。相信吧，跟你的愛情一樣，經歷過磨難，2008下半闋的溫暖和悅，對於國家和個人都絕對應該稱得上是個好年頭，2009也很不壞哦——只要你自信，努力，沒準兒明年的這時她就是你的新娘了呢。得，廢話少說，為了更高更快更強，面瓜，衝！

那隻蛙和那隻蛙

（女人都喜歡溪流一般的日子，她一定寧願因此少簽些單。試一試，不急吼吼狼樣狂奔，不青蛙一樣氣悶，用腦子生活，會使我們獲得比更多金錢更多的價值。除了金錢，世界上還有著一些其他的、美麗的、積極的、高貴的、細緻的事情，值得我們去關注，去駐足。覺醒永遠不會晚，而覺醒的滋味每時都在，就像陽光每天會來。）

簡墨：

你好！

說來話長，是這樣的。雖說前些年做建材賺了不少錢，但我的生活卻每況愈下：老婆離婚了，說我胡搞沒患難時的真感情了；朋友不來往了，說我燒包沒人情味了；孩子不親近我了，說我只會喝酒應酬吹噓有錢沒品位了……憑心而論我是在外邊的時間多，也免不了逢場作戲（有個把情人，但是，我從來沒有想過甩掉老婆），但是時間久了，還真的就總在河邊走難免不濕鞋，有那麼一兩次，我和朋友找了幾個女孩陪我們唱歌──其實真的只是唱歌，可她就是不依，鬧得我頭大……誰願意這樣？不是實在沒辦法嘛？！我拚命賺錢拚命忙，但我賺錢、我忙是為的什麼呀……

一凡

一凡：

你好！

呵呵，不著急，當心頭更大。

「電光石閃，夢幻泡影，一切有為法，當作如是觀。」記得這是叔同大師的一句話，裡面有大氣象──你把它理解成說人生也可以──太可以啦。當然，現在有人把李敖稱為李大師，我想，這是世無英雄的緣故，相對於李叔同，李敖算一個初中生好啦──他沒有資格稱為大師，他被稱為大師是這個時代文化失落的悲哀。

大師講究風骨，李敖的風骨僅僅限於勇敢，沒有解決人生的困境。呵呵，不小心說遠啦。

接大師的意思：說皮相速朽，靈性長存，在皮相和靈魂間，我們看見了靈魂的靈光，於是我們選擇了靈魂。

這個世界把人的靈和肉分開了，因為上帝造人的時候，就是各自分散的。我們被肉體縛住，似乎也並無飛翔的可能。我們不能學太上忘情，便有情而情溢，然卻因貧病等而使情凍為冰雪；我們有時不經意做了冰雪無情，所以就有了錢多而情逝的悲劇。這是個很難掌持的事。

所以，我們只有劍走偏鋒地「曲線救國」，說白了還不是救我們自己，讓我們自己在天平的兩端，不斷削減、添增些份量，盡力掌持一個平衡。而

不是像那隻蛙，還有那隻蛙——坐在井裡，懶著不動，或者更慘：被漸漸熱起來的溫水活活煮死而渾然不知。

而你的敘述讓我想起很多。我一直不贊同像某社交明星「上海居住，北京交友，香港做生意」，還有某某大嘴「早晨在台灣吃牡蠣，晚上到香港Party，次日晨飛美國接受採訪」那種熙熙攘攘的生活觀——他們貌似無奈其實暗自得意——唉，說到底還是中國人最傳統的「我他媽有錢了一天三頓吃油條」的「品位」的現代拷貝。這也是中國為什麼成了賓士豪華級車的最大消費國的直接原因。

有錢是件蠻好的事，但有錢了繼續過安靜的生活、享受安靜的內心就不是那麼容易了。有錢了不折騰、該怎麼樣還怎麼樣不行嗎？對愛人忠誠、對朋友關心、對孩子愛護不可以嗎？尤其對愛人要加倍地好—— 女人都喜歡溪流一般的日子，她一定寧願因此少簽些單。試一試，不急吼吼狼樣狂奔，不青蛙一樣氣悶，用腦子生活，會使我們獲得比更多金錢更多的價值。除了金錢，世界上還有著一些其他的、美麗的、積極的、高貴的、細緻的事情，值得我們去關注，去駐足。

覺醒永遠不會晚，而覺醒的滋味每時都在，就像陽光每天會來。

愛情有什麼道理

（喜歡春天，有什麼道理？無非是春日麗陽下一切都暖得剛剛好，恰恰適合酣甜小睡、美麗裙裳和談場戀愛；喜歡愛情，有什麼道理？絕色慧點的白娘子偏偏尋個棉花耳朵的討厭的許仙來嫁、還願意為他搭上性命你說為什麼？......遵從自己內心的召喚就是——有些時候，人是要學會拔刀重生的，這對大家都是種恩惠。 ）

簡墨：

你好！

最近我一直和我老婆冷戰，有幾個月沒有說話了，也沒有在一起住——我搬出來，在我家的另一套房子裡住。她是個孤兒，是我的大學同學，是她先追求我。本來我也是因為憐惜她才和她走到一起的。本來感情也還可以，還有個女兒，我想還是能過下去的。可誰知結婚後，她更加屏弱，多疑，善

妒，動不動就和我吵，吵得我有時想跳樓！其實，我心裡還真的有位一直默默喜歡我、我也喜歡她的女孩，我想她才是老天分配給我的那一個！但如果和我老婆分了手，誰去關心她、照顧她，孩子該怎麼辦？我明明知道她那麼沒有能力，一定管不好孩子，而且那些流言……

困獸男人

困獸男人：

你好！

我的認識是：愛是享受，不是受難；是心底汩汩湧動的溫泉，不是見誰救誰的救生圈。你走開自會有別人來關心她，這世上還真沒什麼東西不可以用另一樣來代替。你以為你是誰？再者，孤兒是很不幸，但自孤她的，身體或心理的問題，交割慈善機構和心理保健中心去養著和矯正就可以啦。不滿意人家還磨磨唧唧不做了斷才不道德呢，這不滿早晚像槍膛中一節被一點點壓緊的彈簧，把一記耳光滿滿地抵上去——這耳光不但對人家，也對你自己。

唉，感情是最勢力和善變的物，博奕其中，狼奔豕突，免不掉輕愁薄痛，哭哭也罷，跳樓則不必。

愛情是如此苛刻：它不是油鹽醬醋拉皮黃瓜隨便拌拌就挺香——不對口味非但不香，還吐呵呵的。就有那麼一種愛：拍拍他（她）的肩，他（她）就會聽從她（他）的安排，如同化骨綿掌，使他（她）繞指成柔。

我們這個城市的春天從來都是如此的短暫而雋永，像一場比剎那長、比永恆短的美麗戀情，抑或如你正擁著的共了喜悅與紛擾的青春。喜歡春天，有什麼道理？無非是春日麗陽下一切都暖得剛剛好，恰恰適合甜甜小睡、美麗裙裳和談場戀愛；喜歡愛情，有什麼道理？絕色慧黠的白娘子偏偏尋個棉花耳朵的討厭的許仙來嫁、還願意為他搭上性命你說為什麼？愛就愛了，管什麼早與遲、怕什麼飛短和流長？遵從自己內心的召喚就是——有些時候，人是要學會拔刀重生的，這對大家都是種恩惠。曉得哦？姐姐我就是因了選擇時不夠狠，才活成一篇篇兒頑豔故事的。誰願意當故事給人家看呀？但願你的不夠生動才好。

人生從五十歲開始

（我們從五十歲開始，祛除是非功利，祛除善惡憂傷，回歸純潔、夢想和愛，回歸「初生牛犢不怕虎」，回歸日出東海的晨光萬丈，用生活錘煉得尤其智慧的大腦去思索，應該如何過好之後的每一天，如何再接再厲，去開啟人生，去昂揚生命。五十圈的年輪，足以讓生命成長壯大，抵達丰神雄健。）

簡墨老師您好！

不知道和您從哪兒說起，說些什麼......

我的人生也算是順利的吧：青年從軍，順利考取軍校，到地方上做行政，後來下海，出手早，經營不錯，也算成功人士，再後來又回到機關，一個養老的單位。可是突然有一天，發現自己肚子大了，開始禿頭，理髮時都有些不敢看自己的頭髮，戴上假髮，會一直梳一直梳，連理髮的小孩都偷偷笑話我這個動作呢。

五十歲真是折磨人的年紀啊，事情非常多，老人身體開始是出問題了，孩子的考學、工作以及以後的找對象、結婚......所有的都需要操心，機關上也不比從前，越來越忙，而且人事複雜。越來越覺得厭倦那種環境，恨不得插翅膀飛走了。自己的身體卻明顯不如年輕時候有勁，總是覺得累，連午休醒來都像是死了一回一樣......心情真差！

李某

李某您好！

我們慢慢捋，好嗎？

如果說少年是蓓蕾初綻，青春是花開正好，中年是果香馥郁，那麼，按照這個邏輯，老年則無異於枯枝敗葉了。

很不幸的是：在很多甚至大多數的國人心中，50 歲？已經是老年的開始了。

到鄉下去看，50 歲的爺爺、奶奶比比皆是，而那爺爺、奶奶也很有爺爺、奶奶的樣子，他們只看家護院，照料孩子，彷彿自己的一生早已了結。

不要怪我說話誇張：其實，在中國，放眼望去，30 歲、40 歲的人生與 50 歲又有什麼兩樣？拚命工作，辛苦努力，少睡眠，亞健康，問這一切的目的，答案驚人雷同：「一切為了孩子」。

是的，自從無知少年和求知青年時代過去──有時還沒有過去，不過在青年的中間階段──成人的詞典裡就已然抹掉了「為自己」三個字，粗礪得如同風沙一樣，把自己流放到一個叫做「生活」的地方，然後，在那裡找個伴侶，結婚生子，然後，就為了孩子，活過漫長的大半生⋯⋯這委實是件無比遺憾和悲哀的事情。

另外有一小部分五十多歲的人，則完全悖反了這個概念，他們宣佈不會學習他們的上一輩，和上上一輩，他們一點也不會管他們的下一代，他們只想吃喝玩樂，完全背叛了自己五十歲以前的人生：不再奉獻了，不看孩子，只遊山玩水，打打太極，或打打小牌，落個長壽，享受殘生，馬馬虎虎也算修得正果。他們以為自己創造了五十歲的新活法。

就這樣，在風急雨烈的塵世，從小到大，我們從李白活成杜甫，從天上活到人間。李白或天上，都不過是一會兒的事，跟夢一樣，短暫而痛切，只有追思的份兒。

我們敗在自己手裡。

難道，50 歲以後的人生，就是任由飄蕩的浮萍，自由卻沒有了方向，岑寂卻沒有了力量，再沒有可炫耀的樹冠，和可以追尋的陽光？

這種人生態度又是怎樣得來而成為大眾的一致觀點的呢？

我想，首先，這還是由於國人的傳統思想蟄伏得過於長久。譬如：「三十而立，四十而不惑，五十而知天命」，這樣約定俗成的古訓，使得人們天然地認為：就像一個拋物線，五十歲是這個拋物線的頂端開始下滑的那一部分，是一個萬事明瞭、熟爛在心、不能再折騰的年紀──周邊所有的一切都在暗示或明告：五十歲，日薄西山了，天色黯淡了，規劃白瞎了，不該有什麼理想了⋯⋯其實理想是一個人的脊柱，任何時候都不能放棄，不管面前的困難多大，不管年紀有多大，心中有這樣一份理想，你就會覺得活著有勁兒，而只要你腳步不歇，終會有一天，你會發現你離這個目標越來越近。

對生活保持樂觀積極的態度，對事業保持一種憧憬和崇敬，放棄與選擇之間的橋樑就在不經意間架起。這與年紀無關。

其次，整個的社會架構也對「五十歲」這個點有一個殘酷的界定。普遍看來，五十歲簡直就是一個完結，一個大勢已去，一個蓋棺論定——在基層政界，後備精英層出不窮，五十歲幾乎升遷無望，四顧茫然；在戰場似的商界，無論投資還是創業，則幾乎再也輸不起；五十歲幾乎只能成就，只能微笑，只能鮮花，只能收穫……只能光榮，不能夢想。五十歲歸隱，五十歲讓步，五十歲退居二線，五十歲不像二十歲可以躊躇滿志可以有憧憬有奔頭有希望有未來……然而，五十歲的正當健碩，五十歲的經驗豐富，五十歲的承上啟下，五十歲的處世融通……全部被忽視不見。

第三，身在五十歲，沒有了懸念，人們覺得自己看透了人生，對自己也有一個撒嬌般的原諒、寬容和自憐：勞累半生，該好好休息休息了；坎坷半生，該順順利利活活了；五十歲以後，抱抱孫子，頤養天年，雖說五十歲殘山剩水，可如果全鱗全鬐，混到退休，也是一件蠻不錯的事嘛。

然而，五十歲以後的人生也是人生呀，是我們一步也少不了的人生呀，它和之前的人生一樣，很寶貴，很絢麗，你要是不用心過，就會辜負它；它和之前的人生一樣，很柔軟，很細膩，你要是馬馬虎虎地過，就會褻瀆它。拿五十歲以後「只抱孫子看孩子」和「完全不抱孫子不看孩子」為例：犧牲的心態和玩樂的心態的唯一區別就是：做供品，或做垃圾，思想則是一般無二的腐朽和古老。這樣的心境就像就像一片陰沉的沼澤地，上面浮著厚厚的發著霉味的樹葉，下面是又溫軟又粘稠的泥漿。你一站到上面去，就感到一種悠哉優哉的飄逸感，並且很舒適地往下沉落、心曠神怡地沉下去，不沉到你的胸口，你是不會感到窒悶的，但一當你感到了窒悶，你也別想自拔了。五十歲更像一個「無物之陣」，身處其中，很容易左衝右突而找不到生命出口。

我們常說，人上點歲數就會變成老小孩，那麼，我們即便把五十歲界定成老年的開始，那麼，讓我們也把這個孩子的心態一併接納過來不好麼？大人的世界一直告訴孩子們，這個世界是這樣的、那樣的；這是對的、那是錯的；這是道德的，那是醜惡的；這是憂傷的，那是快樂的，這是該做的，那是不該做的……那麼，我們從五十歲開始，袪除是非功利，袪除善惡憂傷，回歸純潔、夢想和愛，回歸「初生牛犢不怕虎」，回歸日出東海的晨光萬丈，用生活錘煉得尤其智慧的大腦去思索，應該如何過好之後的每一天，如何再接再厲，去開啟人生，去昂揚生命。五十圈的年輪，足以讓生命成長

壯大，抵達丰神雄健。

其實，還是那句話：世上哪有什麼救世主，我們只有自己救自己。從來就沒有上帝捧著金碟子把「請帖」呈給你，我們必須自己把50歲當作一枚金牌──第一枚金牌，掛在自己脖子裡，然後，起步到下一個起跑線，去贏得下一枚。

相互撓撓

（婚姻的常態就是如此：任年少時再是浪漫成山，到最後也不過隨水成塵，演繹為飯熟菜香的尋常夫妻，千萬別指望總醉成瓊林盛宴。從絢爛到平淡，從深愛到「可過」，就是常說的婚姻之癢。它不是什麼致命病竈，醫療的方子也很簡單：只要兩個人耐著性子相互撓撓，沒準就熬過來了。婚姻的內容就那點事，清醒而現實。）

簡墨：

你好！

我博士畢業5年，結婚近12年，說起來不算混得太差，也應當算個好男人吧：屬於愛家的那種。可過了40歲，一切都有點力不從心，一切都不怎麼吸引我。老婆對我越來越不滿，抱怨我只知道上班和睡覺，我不上班怎麼行？我還是家裡的棟梁呢；我不睡覺怎麼行？我還要上班呢。簡直就是欺負人了她！在做家務上她是沒說的，不心疼我還心疼孩子呢是吧？可她成天婆婆媽媽、嘮嘮叨叨，最近更變本加厲，為了孩子的學習，就因為教育觀點不一致，她連點好臉色都不給我了，還學會摔打我了。她怎麼變得這樣啦？她影響得我我也覺得婚姻沒什麼意思。我在外邊偷偷找了個「紅顏知己」，她愛我，我也喜歡她。她給了我很多安慰，身體和精神都是如此。我有時就想，乾脆離婚算了，省心，也不再受這窩囊氣……

了了

了了：

你好！

如我們知道的一樣，基督教把「愛」分成不同的單詞：Agape 和

Eros。Agape 是神給人的愛，Eros 是人對神的愛。一般戀愛屬於Eros， 而這個單詞和Erotic（情慾）關聯著——是愛對方，同時也千方百計想從對方得到愛。所以，帶著妒意，伴著不平和幽怨，以愛的名義折磨的， 就是Eros。

那麼， 什麼是Agape ？ Agape 是犧牲的愛。有人把這兩種愛，Agape 和Eros，分別翻譯成「摯愛」和「慾愛」，還是蠻合適的：Agape 是不求索取的、無私的愛，奉獻式，更多的表現在現實婚姻裡。既成現實的兩個人生活久了，會自然而然地為對方著想，就像為自己的親人著想一樣。而Eros，情慾之愛，更多的來自情人，慾念，激情，渴望。情人和老婆之間，出發點一定是不同的。而情人，往往是以愛的名義折磨， 自私的，只顧索取的，捉摸不定的那個。可是，我們都免不得主動或被動消受前者充滿犧牲意味的平靜的愛，也還賤骨頭地一心嚮往後者那愛的折磨。

還隱約記得張中行把婚姻分為四類：可惡，可忍，可過，可意。「可惡」是人所不能忍耐的，「可意」則是一種理想、美滿的狀態了。我想大部分人應該屬於「可過」這個範疇吧？也就是我們開頭所說的Agape。

其實婚姻的常態就是如此：任年少時再是浪漫成山，到最後也不過隨水成塵，演繹為飯熟菜香的尋常夫妻，千萬別指望總醉成瓊林盛宴。從絢爛到平淡，從深愛到「可過」，就是常說的婚姻之癢。它不是什麼致命病竈，醫療的方子也很簡單：只要兩個人耐著性子相互撓撓，沒準就熬過來了。婚姻的內容就那點事，清醒而現實。

然而婚姻又絕非那麼不堪：想想看：時光的大水浩浩湯湯，當年歲漸長，紅塵染了白衫，在一個叫「家」的地方安頓下來——花開成海，歲月靜好。激情在急管繁弦的日子裡愈來愈趨於安寧，而美好就如同縫隙裡遺漏下的細碎陽光，總在日子的經緯間一跳一跳，織成團團爛漫招展的花朵，眩惑、溫暖了我們的眼和心——婚姻的風情之美，便也在這一派安寧裡單純而素樸地次第綻開……還記得愛而不得的焦灼和不安嗎？還記得愛而終得的喜悅和歡暢嗎？那些柔密無形的過往， 曾怎樣糾結纏綣了那樣美麗年輕的心！婚姻的裡子是如此豐美而殷實。

生命是相互成全的——妻子不是母親呀，她不會無原則包容我們，愛情是一定要有奉獻、回報和創新的對不對？大凡有救的婚姻才有抱怨哦，雞飛狗跳的婚姻也強似僵直死就的愛情。別說你看到的都是人生蒼涼、乏善可陳

的底子，行動力才是愛情不老的發動機。咭，相互撓撓，你先請——借用海子組詩裡的半句：好，現在開始。

遮罩與啟動

（一個大氣的人，他（她）對他人一定是寬容、平和、心存謝忱的。我向來贊同：不光愛人之間因了相愛需要讚美，友人之間也由於喜歡而需要讚美，只是所有的讚美都必須發自內心，是自然的。我愛你，我喜歡你，都需要表達，需要溝通，需要投桃報李——那樣的交往是舒服的。）

簡墨：

你好！

首先介紹我自己：我是一名19歲的大二學生，來自西藏。現在感到很迷惑，關於我和同學的關係的問題。我們學校這一屆幾乎沒有我的男老鄉，所以，我看著人家的老鄉聚會什麼的都很羨慕。在同學中也沒有知心朋友，有時我感到自己真心對待他們，可是他們不真誠，不交心，和我老有一種隔膜，不能融為一體，可我發現他們之間卻很友愛。這是怎麼一回事？我老是不明白。他們不理我，我也就懶得和他們說話了（我在家裡時全家都使用漢語，語言方面不成問題），這樣同學關係就搞得不是很好了。我很孤獨。我該怎樣做才好呢？望簡墨姐能在百忙之中回覆我。謝謝。

一名困惑的學生

困惑的人：

你好！

你的信難得地簡捷，我基本不用刪就可以用。謝謝。

正文只有252個字，我喜歡；你的「我」太多，短短252個字裡，居然嵌著15個「我」字，我不喜歡——我一向不喜歡太自戀的人，尤其是男人——你是男的對吧？我猜。

之所以不稱你為男孩是因為我覺得：人在18歲以後就是成人，是成人就要對自己負責，對自己一切的際遇和後果負責。人生在18歲以後就像一幅山疊水複的卷軸，次第打開，有開心舒朗，有乍疑乍悲，需要自己去慢慢咀

嚼、反芻，去消化或轉化。喏，這個交際問題就是需要你去「轉化」的一個緊要處。

大部分人都能正常處理的事情卻處理不好，無疑主要癥結是個人的問題。要說外力的影響也可以扯上：追根溯源，可歸結到獨生子女從小玩伴少，缺失了群體活動的環節；一直求學，沒有機會鍛鍊交際的本領......可只強調那些，還是說明太自戀啊──這還是客氣的說辭，說白了就是有點狹隘和自私。一個大氣的人，他（她）對他人一定是寬容、平和、心存謝忱的。我向來贊同：不光愛人之間因了相愛需要讚美，友人之間也由於喜歡而需要讚美，只是所有的讚美都必須發自內心，是自然的。我愛你，我喜歡你，都需要表達，需要溝通，需要投桃報李──那樣的交往是舒服的。當然，我極其反感違心地讚美不愛或不喜歡的人──那還不如把我殺了舒服。垃圾箱一樣毫不忌口也不行。

很多的個人問題被「自己原諒自己」給遮罩了，而很多的社會問題因此被啟動了，如同電腦病毒散播開去，問題嚴重的就死了機。唉，我們別那麼溫柔地撫摸自己了好不好？我們老是看自己是「一等一」、別人是「下三濫」，老是「蒼天啊大地啊」、扒拉著18歲的河沿、自艾自憐、驚鴻照影時，就離掉到漩渦裡淹成水蘿蔔不遠啦。

要照，回家找面光亮點的牆去照：我有那麼真誠嗎？有那麼交心嗎？

對人家友愛嗎？怎麼體現友愛的？──如面壁三天還想不到自己的不是，就乾脆瞄準塊豆腐撞上去算了。

幸福的根

（就這樣，和某人在某個快不及秒的剎那相遇，從此，不光「你儂我儂，忒煞情多」，還一個放哨一個瞄準，一個揮鎬頭一個喊號子，去共同對付名叫「漫漫人生」的那個傢伙，去開闢傳說中的那個幸福。是的，找一個「對」的人，是我們千里尋母一般尋到幸福的根。）

簡墨：

您好！

這樣袒露心事是第一次，您不會覺得唐突吧？從前我談過一次戀愛，是別人介紹的。我對那女孩印象挺好的，母親見過那個女孩後，沒多說什麼，只是悄悄提醒我說，太瘦的女人心窄，林黛玉是書本上的事，生活是另一回事。當時我不以為然，可是一年之後我們還是分手了，是我先提出來的，母親一輩子很苦，一個人把我帶大不容易，在婚姻的事上我只能順著她的意，再說母親生活經驗豐富，我覺得她說那樣的話自有她的道理。她很傷心地離開了我家，我也有些於心不忍，但是一想起和她、和不喜歡她的母親在一起的日子，我就覺得累，太累，我沒法想像要這樣過一輩子。

不知道體型、面相是否真的能在一定程度上反映人的性格？簡墨老師，是不是我該找一個不是那麼太瘦弱的女孩？

小林

小林：

您好！

看到這個問題，我不由面對螢幕笑了：您生活在哪個時代？今年高壽啊？

「人太瘦則心胸狹隘」毫無科學道理可言。就算是您的前女友太瘦且心胸有點狹隘，那也純屬巧合。你媽媽也許是太愛讀《紅樓夢》了，從林黛玉羸弱、小性，一直發散思維到自己兒子的女朋友身上啦！但真的「生活是另一回事」，一定要分出個本末、輕重、緩急、至少辨明真偽，才可以活得明白，對不對？您看您，對愛情的認識簡直一塌糊塗！哎，真的愛上一個人，他（她）的長短粗細有那麼重要嗎？您到底愛人器具呀？愛不愛人家呀？叫人沒有看出她的心胸如何，倒擔心您這樣毫無主見、有點膚淺的人用來託付終身是不是特別可靠了。

其實，在戀愛裡，體型和性格的確是非常重要的，是我們彼此相愛的成分裡的一部分。無論是豐腴還是骨感，是溫婉還是「野蠻」，是了無城府還是機心深細……他（她）都是你天生喜歡的那種類型：在愛的當初，必是天雷勾了地火，是熱烈、是纏綣，是郎情妾意濃；在愛了以後，定然是魚兒傍了春水，是舒服、是和諧，是人間好風景。我的愛情觀很老土——我和我的愛人，認識至今已從翩翩少年到年屆中年，變化不可謂不大，可他仍視我為美麗嬌柔的女孩，他在我眼裡也仍是最英俊最可愛的男孩。這和體貌無關

——也許最初與體貌有一定的關係，但最後，沒有啦。

咭，愛情昇華的結果就是：哪怕老醜到幾乎不是他（她）了，只要還是他（她），就愛。沒有底線，沒有原則。如果達到了這種境界，那人就一定是我們幸運地遇到的「對」的人——對我們心思對我們眼的人。就這樣，和某人在某個快不及秒的剎那相遇，從此，不光「你儂我儂，忒煞情多」，還一個放哨一個瞄準，一個揮鎬頭一個喊號子，去共同對付名叫「漫漫人生」的那個傢伙，去開闢傳說中的那個幸福。是的，找一個「對」的人，是我們千里尋母一般尋到幸福的根。

如果在一起的日子「充滿猜疑、矯情」，那麼失去了也罷，說明她不是你真正喜歡的類型——我們每個人都有內心喜歡的、也許別人看著不怎麼樣的一種類型。如果真愛，別說媽媽非議幾句，就算上帝高聲斷喝也是徒勞。

新的一年又翩然而至，我們對生活、對愛情的認知不能總停留在「貧嘴即相聲」的水準上是吧？放開心胸，從明天開始：不去專門去找一個肥的人，而是刻意去找一個「對」的人，好不好？

愛情的關鍵字

（愛情說到底是一種感覺。具體講，這感覺包括：和她在一起，你無由地便想表現自己的好，掩飾自己的不好；覺得天是藍的，雲是白的，天天像過年，冬天也像春天；渾身有勁兒，經常願意吼那麼幾聲，或大聲歌唱......如果這樣，那你一定是真的愛上她了。無論世界如何變幻，愛情歸根結柢詩性的東西應當更多一點。）

簡墨：

你好！

是做決定的時候了。我有兩個女友，是中學、大學不同時期的同學，也是逐漸升溫的，並不是同時愛上的。可以說，她們都很愛我：一個性格文靜懦弱，家境不好，可脾氣很好，很溫柔。我經常資助她，心力付出得也很多，有時覺得苦惱，沒意思，可她的確讓人憐意頓生。另一個美麗得叫人老是驚艷，工作上還能做我的好幫手，常幫我做工作計畫什麼的，可她有點咄咄逼人，愛顯擺，讓我時常覺得配不上她，也有點煩她的張揚，也苦惱。怪我操作不當，現在她們都知道對方，我後一個女友也找過前一個女友了，她們都快掐起來啦......您說愛情這東西怎麼讓人感覺這麼苦呀？

徬徨趙

徬徨趙：

你好！

哎，你感覺苦也對：佛教宣揚的人生五苦「生老病死愛」，愛就是其中之一嘛。

是何等樣人，談何等樣戀愛。我不知道你的喜好，所以沒辦法說具體應選哪一個。但可以明確告訴你的是：一般人不具備同時對付兩個女友的本事——女孩當中選女友尚且罷了，女友當中選老婆......還是省省吧。

然而，雖說愛情的表現形式五色雜陳，但還是有三原色的：在愛的感覺裡，有一些必要的關鍵字，譬如：溫暖、踏實、舒服......不可或缺。愛情說到底是一種感覺。

具體講，這感覺包括：和她在一起，你無由地便想表現自己的好，掩飾自己的不好；覺得天是藍的，雲是白的，天天像過年，冬天也像春天；渾身有勁兒，經常願意吼那麼幾聲，或大聲歌唱......如果這樣，那你一定是真的愛上她了。無論世界如何變幻，愛情歸根結柢詩性的東西應當更多一點。

而愛的苦，則是愛而不得的、暗戀的、相思的、或者青皮小子常有的、不能一親芳澤的、假的苦，不是在一起覺得「苦」，那就是真的苦了——愛情是一起甜蜜蜜，不是一起討苦吃。一切全部是苦的內容的愛情不是好愛情，而沒摻和了些苦的愛情不是深刻的愛情。我們要一個好的、深刻的、而不是壞的、膚淺的愛情，要一個光明的、向上的、有著共同生命哲學的愛情，這樣，就使得我們必須去承擔一些，去摒棄另一些。

亦舒說過，愛情這東西需要「熱的血，冷的頭腦」。現代愛情裡，「熱的血」是越來越稀缺了，「冷的頭腦」卻越來越盛大。這不是我們愛的初衷。我還是傾向於在愛裡雙方一定要溫暖、踏實、舒服，都是心裡的活兒——用心談的戀愛是真正的戀愛，用腦子談的另當別論。在相貌、金錢等的好與壞、多與寡以及個人的得與失上不須用心太過——算計太多，必然打壓下去愛情詩性的本質，而成為一場較量——雞飛狗跳不是愛情，是折騰。

你對愛的感覺的描述不夠準確——也不能老是「憐意頓生」和「驚艷」呀，容易得心臟病的。感覺還是要無法言說的、總體的、長久的更精準。

出個小點子：取一張紙，上面寫上她們各自的優點，然後按照重要程度，從最不重要的開始，一個個劃下去，看看你最後你認為誰的、哪種優點是你最不忍捨去的？你自己到底離不開誰？然後再閉目靜思：你希望和誰一起在愛的漫漫長路上去跋涉，去拼爭而不覺委屈，而渾身有勁？你和誰在一起，覺得更溫暖、更踏實、更舒服？能讓誰更溫暖、更踏實、更舒服？......遵從自己心靈的召喚好了。你知道，在魚和熊掌不可兼得的情況下，努力抓住有數幾樣能給我們帶來幸福的東西，我們的人生就成功了一半。祝你幸福！

「桃花」和「前桃花」

（我反而很同情那位大姐：即使她珠翠滿頭，也不過是在演戲——她很

想扮您曾經喜歡的那朵「解語花」呀，可是她就是收拾不起來了，硬收拾卻收拾得讓人心酸。她那麼不放心你，一定是因為你有不讓她放心的理由，否則抱隻貓看電視也比狂追你的行蹤有意思。而一個總留心桃花運的人，才老是遇上桃花運。）

簡墨：

你好！

開門見山地說吧，我老婆不應該是現在這個樣子的，戀愛那時她就像朵解語花，美麗優雅，聰明活潑，帶給我無限的快樂，可現在呢，20多年過去，您看她每天就知道打電話發簡訊「你一定要按時回家呀。」「你今天和誰在一起吃晚飯？」「你要和我離婚我就死給你看！」......哎呀，真是煩死了。這種折磨不算，還另加折磨：她整天買些很妖豔的亂七八糟的衣服穿，戴很多很廉價、很不像樣的首飾，還覺得挺美似的，非嚷說好看！每次她那麼自以為漂亮地拋媚眼給我，我都起一身雞皮疙瘩！真是哭笑不得。而我現在認識的那女孩，穿著好看，有文化，又那麼懂事，讓我心裡舒服。您說，我能不出軌嗎？......

我是好男人

你是好男人：

你好！

冷眼旁觀，大凡男人出軌，都有很多理由，而令人齒冷的是，女人常常也很認同那些「理由」：不學習，跟不上男人的發展形式，失去了共同語言啦；不注意修飾打扮，婚後不再花枝招展，對男人失去吸引力啦；整日嘮嘮叨叨，除了柴米油鹽，就是孩子，不浪漫......等等吧，看看男人一副天大委屈的嘴臉，好像真的只有砸開鎖鏈鬧革命才能翻身得解放。

是呀，婚姻這架車，在剛剛裝備齊全、敲鑼打鼓、歡天喜地下線時，是瓦亮、簇新簇新的，而剛剛開動起來，也必然曾經馬力十足、運轉良好，那一個個齒輪絲絲入扣，密合緊緻著哪！可是為什麼行進著行進著，它就生鏽、掉漆、剎車有了毛病，有時還掉掉鏈子？這罪愆在她嗎？有她自己的原因，但很多時候，是歲月。

不由得想起那天，曾如日中天的某女星在電視上甫一露面，我當時愣那

兒了：「她怎麼沒收拾就出來了呀？」後來猛地想到：唉，不是她沒「收拾」，是「收拾」不起來啦。是的，就像被狠狠摜在地上的一枝花，再怎麼精心打理，也不能再明豔如初。

你看，女人們一旦「摜」入婚姻，勢必有所損耗：那些雞零狗碎的家務，那個弄得雞飛狗跳的孩子，自然，還有歲月，更主要的，還有歲月，它讓女人們「收拾」不起來了。

我反而很同情那位大姐：即使她珠翠滿頭，也不過是在演戲──她很想扮您曾經喜歡的那朵「解語花」呀，可是她就是收拾不起來了，硬收拾卻收拾得讓人心酸。她那麼不放心你，一定是因為你有不讓她放心的理由，否則抱隻貓看電視也比狂追你的行蹤有意思。而一個總留心桃花運的人，才老是遇上桃花運。如自己有足夠的定力，縱然桃花滿天又奈你何？不能怨「桃花」，更不能怨「前桃花」──你冷著，就不知道人家的熱：或許她已經開始萎謝，不夠賞心悅目了，但她的心還是原來的「桃花」心呀，灼灼地開著，熾烈地巴望著你舊時的愛。

唉，想必每個本以為你是我無名指上的一顆鑽、到最後卻成了鞋底裡的一粒沙的婚姻，都曾經有過「相看兩不厭」的時刻吧？可就因為你自己定力不足，心的魔鏡才把那人晃悠得沒有了原來的神采。你可別說「我是好男人」了──如果你這樣的算是「好男人」，天下女人集體跳河算了──絕望啊。

如果「桃花」在看報紙，也想對她閒話兩句：張柏芝說她所愛過的每個男人「他們都說，最愛是我」。喏，人家還是個「金桃花」，你看撈住一個「最愛是我」的男人了嗎？男人的話，有時也就聽聽罷了，你還當真？而桃花終究要淪為「前桃花」，這是人（而非單單是女人的）不可拂定的命運，一旦你「花謝花飛」了，他最多也就拿把鋤頭，挖個坑兒把花葬葬拉倒。你以為呢？

莫待無花空折枝

（其實，總是在追求一些什麼，才使我們感到幸福。再說，就算人家拒絕又怎樣？絕對不會因為你表達好感而把你打成爛羊──如果真是這樣不嫺

雅、沒風度的女孩，白給還不要呢對吧？還正好有個理由，讓單戀戛然而止
——有個乾脆俐落的休止符，也算給自己一個交代：目標，下一個。）

簡墨：

你好！

我正在讀在職博士，專業是古代文學。我是個內向、容易害羞的人，
不愛說話，只有在做我的學問時我才覺得自己神采飛揚。最近我對一個女孩
很有好感，但連一條簡訊息也沒勇氣給她發。她呢，導師上課時就坐在我右
前方，眼睛餘光也能看見她，但我就是這樣暗中偷偷看她，有時夢裡都能夢
到她，醒來第一個想到的也是她......課上到哪兒了都渾然不知。但我真的不
敢向她表達！萬一她拒絕了怎麼辦？同學知道了怎麼辦？她能同意嗎？她
的父母能同意嗎？......我心亂如麻！我很痛恨我的個性！我這樣的人能有真
愛嗎？

晨曦

晨曦：

你好！

不瞞您說，我蠻喜歡這個類型的人呢——我家先生就是。我想，一般情
況下，女人是不會討厭有點靦腆、厚道、口拙的男人的；精豆子一樣、辣手
剛口、一旦大話開閘便巧舌如簧、眉飛色舞、誇誇其談到渾身上下彷彿只有
一張嘴的男人才真正恐怖。連孔子都煩他們「巧言令色」呢，呵呵。

但是，千萬別過分了。一旦靦腆、厚道、口拙過分了，就變成了愚笨的
另一種說辭——一個男人，活得跟《紅樓夢》愚鈍、怕事的女孩迎春一樣該
多慘？當然，男人最好還是內斂、話少一點，但勇氣和膽識是斷斷少不了
的。有沒有勇氣和膽識將帶你走向迥異不同的人生之路——也許是踏上呼啦
啦吹著浩蕩東風般、明淨開闊的一馬平川，抑或膩歪在印滿蒼苔的溼答答、
黏糊糊的小園曲徑。

雖則暗戀含蓄一點、醉意微醺、很有些朦朧美，然而生活裡更實用的是
磊落、直白，不需要曲徑通幽的彎彎繞繞。你知道，好花旁邊是少不了蛺蝶
翻飛哦。追女孩就像是一種較力，你弱了，別人就占了山頭拔了旗。再加上
好花不常開，歲月像刀片一樣斜斜地插過來，叫人躲閃不及：打個俗一點的

比方吧：人的青春彷彿春天那麼美麗那麼短，稍一疏忽，花期便過了。喏，就是這樣，像雪萊詩裡寫的：「今日含笑的花將凋於明日」，昨天還是「紅杏枝頭春意鬧」，沒準兒明天就只剩下「花褪紅褪青杏小」啦，到時你哭都找不著調兒。為什麼常常有「賴漢攀花枝」那種情況出現？就是因為我們非賴漢不敢攀呀！唉，多少好女孩啊，都便宜了那些「垃圾」！這真遺憾。

可人生裡留有遺憾是多麼遺憾的事啊！為了不遺憾，我們必須給自己加油：衝上去！就算冒一次險又怎樣？也許她在期待著你開口示愛，也許她的目光也在時時捕捉著你的身影......至少，只有放膽追求，才能對得起自己心中那份那麼美麗的感情——其實，追求本身就是個美麗的過程；其實，總是在追求一些什麼，才使我們感到幸福。

再說，就算人家拒絕又怎樣？絕對不會因為你表達好感而把你打成爛羊——如果真是這樣不嫻雅、沒風度的女孩，白給還不要呢對吧？還正好有個理由，讓單戀戛然而止——有個乾脆俐落的休止符，也算給自己一個交代：目標，下一個。我一直堅信，像《小王子》中那隻等愛的狐狸一樣，我們每個人生命裡一定都有「我的玫瑰」靜靜地芬芳著，在身邊或前方等著來「馴養」我們，等著我們去扣問——「你是不是我的玫瑰」？去採擷。

莫待無花空折枝。

不要完美的「100分」

（「不要完美的「100分」是我的行為規則，也是我的生活總是被外人看作詩意蔥蘢的根本原因。「詩意蔥蘢」倒談不上，從容淡定那是一定的。形成這種短小識見的緣起，是一直認為活得太得意和活得太失意的人都不夠幸福：失意的，明傷處處；得意的，暗傷纍纍，不是為窘困愁苦勞碌，就是為盛名財富所累。）

簡墨：

你好！

我的孩子今年5歲了，他活潑愛動，聰明可愛，但，就是不知道學習！我曾經給他買過許多學語文的光碟、學數學的小機器，甚至還買了英語學習機，可他就是沒有興趣，出去瞎玩倒是從不嫌煩。眼看馬上就到秋天，孩子

該上小學了，看到人家的孩子能跳能唱，上數學班，英語考級......心裡真急呀！將來的競爭多激烈呀，我真怕孩子輸在起跑線上！因此我早早給他聯繫了有關輔導班、特長班。可是我的孩子卻十分牴觸，簡直連僅有的那點學習的熱情也消失殆盡了。我該怎麼辦？！簡墨老師，請幫幫我！

焦急的父親

焦急的家長：

你好！

很開心和你聊天。我也是一名家長。想來除掉一路享受戀愛、婚姻、苦難、優遊之外，較之世間繁華蕭索種種，做一名母親是令我最滿足、最愉快的事情呢——兒子是我最精彩的原創。想必你也有同感吧。

「不要完美的「100分」是我的行為規則，也是我的生活總是被外人看作詩意蔥蘢的根本原因。「詩意蔥蘢」倒談不上，從容淡定那是一定的。

形成這種短小識見的緣起，是一直認為活得太得意和活得太失意的人都不夠幸福：失意的，明傷處處；得意的，暗傷纍纍，不是為窘困愁苦勞碌，就是為盛名財富所累。因此在規則之內、不逼迫太多好不好？我一向不把100分作為工作目標，得90幾分甚或有時得個80分也沒什麼，我依舊快樂地寫我的字。誰規定我一定要得第一名？有時懶惰了就盡情享受自然、享受好書；同理，誰規定我們的孩子必須永遠第一名？讓自己和孩子在各自的發展中既遵守規則、努力向上、又偶而不按常理出牌、甚至犯個小錯、得回批評也不錯，能鍛鍊孩子的抗挫折能力是吧？因此，我不贊同孩子從幾歲的小年紀便被壓制了天性，我寧願讓我的孩子在懂得一點素描基礎後，去做率性、爛漫的塗鴉，也絕不拿出專家的架勢去指點他如何如何地寫、畫......我僅僅要求他：大膽用筆用色——中學之前他只要快樂成長、心智健康，不旁逸斜出，足夠了，就已經夠「90幾分」的水準了，是我的字典裡的「100分」，夫復何求？這幾天，我手邊正重讀的一本書是《花朵的秘密生命》，我提到過，它幾乎可以說是我所看到過的最乾淨和美麗的描寫性愛的書：一朵花是怎麼完成傳粉授精的，怎樣為此付出種種辛苦的，怎樣抗擊風暴、吸取養分的......而春羽蔓綠絨那一章，簡直讓我們想放下書本，馬上去擁抱可愛的孩子呢。可是，孩子們略諳人事便遁入學習一切技能的海洋之中，大練仰泳、蛙泳、自由泳，時不時嗆進一口水，並且，一直到我們的

年紀才終獲超拔......哦，我們真的不該如此霸道和殘忍。

因此，我寧願相信：讓孩子在我們的疏導中學習一種美好的品質德行、一種大氣的生活態度、一種靈動的思維方式，遠比從本應最天真無鑿、小鳥一樣的幼童，便蟻螻滿身似的、早早介入掌握生存的本領來得重要。

所以，愛孩子，給孩子以期望，給孩子以巨石的壓力；同時也放飛孩子，給孩子以天空的明淨，不要完美的「100分」，童年是多麼純淨而芬芳的時光啊，讓孩子在壓抑與放任、無我與自我之間找到一個最佳支點，開始他們美麗生命的起航吧。

求職如臨帖

（做優質的人、求優質的人生從來不是一步登天，多少人苦做半生方修成正果──王羲之也是把自家水池都涮筆涮成「墨池」了以後才成為「書聖」的呀，達文西畫蛋練功的軼事也被演繹得有鼻子有眼。「老、老、實、實」四個字一字一金。）

簡墨：

你好！

我對未來一直感到迷惑。中學時，我學習成績不是很突出，父母又都是本本分分的讀書人，因此，只要求我有個安穩的工作就好，因此，我遵從他們的意願，報考了財政大學。畢業後，我順理成章當上了會計，工作很穩定。可是在我心裡，夢寐以求的成功概念是做到高級管理，最後想自己做家公司，再發展成上市公司。因此，我辭職下海，去人才市場應聘，可是......您想，我應聘高管職位，最後卻做了個小業務員！簡直是開玩笑吧？因為沒經驗，社會資源也不多，職位不理想，工作勁頭也不大，所以業績排名總是比較靠後。我不知道該這樣努力幹下去，還是另尋出路？......

粒子

粒子：

你好！

讓我們當成朋友，隨便聊聊天，好嗎？

無論走到哪裡，我都喜歡到當地負風雅盛名的老街巷去逛逛字畫攤。看到的多是贋品，當然也能偶得大師真跡。說起來，贋品往往也不錯，一眼看去，一樣的筆墨淋漓，確乎夠懵人的，但看細節，卻是差之絲毫謬之千里──大師是筆筆有來處，毫不含糊；贋品常常是章法無度，失於嚴謹。

　　而若想成為大師，臨帖是不能踰越的第一步，正如懷揣大志向的你求職的第一步，必須是磨練自己。

　　臨帖的第一步是：最好選自己欣賞的、貼近自己審美取向的、規規矩矩的正楷或隸書名帖，求職亦如是：第一步必須明晰自己喜歡什麼職業（譬如你喜歡做會計，還是做管理？），作為終生的追求。職位倒不用去強求，因為也如同臨帖──得從塗鴉開始，一筆一劃去研習，方是上策。

　　臨帖的第二步是：持之以恆地練習。書畫界歷來有「一日練一日功、一日不練十日空」的警句──真理！正如求職的第二步是：你必須毫不鬆懈地做一線苦功，不斷提高業績，才可以由量的積累，達到質的飛躍。因此講，你被動選擇做業務員很正確，半途而廢或投機取巧是要不得的──臨帖切忌浮躁，求職切忌心高。

　　臨帖的第三步，當屬臻於逼真。這時臨帖到了唯妙唯肖的地步，都有點可以亂真了。求職在取得大量的實踐經驗、業績傲人時，就可以向著自己的理想職位邁進一步了：當時，你不去考慮提升問題，你的直接上司也會替你考慮啦──哎，這小子幹得有模有樣的，給他個部門主管試試？

　　臨帖的第四步即進入「化境」。就需要動腦筋獨闢蹊徑，開創自己的風格。正如你求職的第四步。求職的第四步也是超越自己，做成求職之初想成為的那個自己。譬如你夢寐以求的「高級管理」。呵呵。

　　我個人認為，在這個過程中，第二步是最重要的。做優質的人、求優質的人生從來不是一步登天，多少人苦做半生方修成正果──王羲之也是把自家水池都涮筆涮成「墨池」了以後才成為「書聖」的呀，達文西畫蛋練功的軼事也被演繹得有鼻子有眼。「老、老、實、實」四個字一字一金。如果沒有一個老實的態度，做人做事做學問，乃至細到做父（母）做夫（妻）朋友，都是不招人待見的。不老實足夠致人一敗塗地，遑論什麼「成功」？心太急，太高，太浮躁，太狷傲，都是臨帖乃至搞書畫、做事業的大敵。你知道「寧靜致遠」這個話對吧？這裡的「寧靜」指的是心，不是說不能有高

遠的理想。你老老實實、一步一尺地走，怎麼會沒有希望到達絕頂？

狠招兒

（失戀說到底不過是初夏猝不及防的一場雷雨，把我們的心當作小雨初晴後鮮亮亮的綠水迤迤好了，好在我們還年輕對不對？抗得住。再說，誰不是沐浴著長長短短、詩歌一樣的愛情雨長大、成熟的？其間大家都有付出、有得到，有快樂，有美好。其實有時怪不得她：也許不是因為什麼車和房，也許就是不合適。）

簡墨：

你好！

我最近十分煩惱。本來有個非常愛我、我也非常愛她的女友，最近卻突然愛上了別人。我都不知道是我哪裡做得不好、不符合她心意了。我是賺錢不多，可足夠花費，父母又自主我買了房子，我也不夠機靈，單位的提拔總是漏掉我。我是不那麼出色，但是，我們是自由戀愛，已經在一起整整四年了呀！她怎麼可以這麼做！我去找她想問個究竟，任我千求萬求，她就是閉門不理，連給我個機會問問理由都不答應。愛情怎麼這麼醜陋呀？她愛上的那個人無非有房有車，雖然剛剛工作，可我一切的努力都是要她安逸、幸福……

癡心漢

癡心漢：

你好！

還記得《詩經》裡的那篇《江有汜》嗎？說的是個男子失戀的事，他呼號「之子歸，不我以」，心裡愛的那個人終於嫁人，她再也不要我了。除了憂慮，我還能怎麼辦？連長江都有別流，何況人乎？她終於嫁了人，再也不到我這裡來了。這個人他太在乎了——「不我過，其嘯也歌」。瞧瞧，竟到了悲憤長嘯的程度（古人長嘯可不是鬧著玩的，壯懷激烈時才玩的把戲呀），怕是一顆心被負得太深、傷得太狠點了吧？人家都不在乎了，你在這裡磨磨唧唧、磨磨唧唧跟《大話西遊》裡的唐僧一樣，只有招得那人更煩

你。

　　我想，對付負心者最狠的一招，就是突然娶（嫁）人──娶（嫁）別人。姑且謂之「惡搞」。然後，讓那人長嘯當歌，一輩子心心念念，忘不了。這比自己突然死去還要決絕──當然，你不能為娶（嫁）而娶（嫁），那就成了「惡搞」自己了。實則，即便找到所謂真愛，也許等不到愛人屍骨未寒，她又另結新歡也未可知。想當年，徽因死後，她的那個所謂真愛還不是旋即續絃？這倒也沒什麼──人性嘛，大道湯湯，你拗不過的，正常。

　　否則，你怎樣？去她單位大吵大鬧、打悶棍、潑硫酸？抑或割腕、跳樓、抹脖子？「吃了我的給我吐出來，偷了我的給我送回來」？我搞不懂為什麼那麼多人去做那麼無聊的事──把自己的風度弄得一塌糊塗。你如果那樣，別說她不能回心轉意，我都要瞧不起你了──至於嘛？失戀說到底不過是初夏猝不及防的一場雷雨，把我們的心，當作小雨初晴後鮮亮亮的綠水透迤好了，好在我們還年輕對不對？抗得住。再說，誰不是沐浴著長長短短、詩歌一樣的愛情雨長大、成熟的？其間大家都有付出、有得到，有快樂，有美好。其實有時怪不得她：也許不是因為什麼車和房，也許就是不合適。我也曾因為被人誤會負心而飽受那人的譴責。其實不是的，有時愛情的消失和突然來臨都是自身所不能掌控的，而年少的戀愛多半是我們愛上了自己的青春。如是而已。

　　對於真愛這個詞，我不太喜歡──除了個把敗類，初戀時沒有誰不是真的相愛。沒有走在一起大都是因為並不深愛。比之初戀的生澀之美，我更享受深愛的成熟之香。

　　而所謂的「惡搞」負心人，不過就是把自己活好。你知道，生活是一層層揭開它的面紗而顯露真實的，而真實也不全是醜惡，譬如愛情。愛情的真實面目依然美麗絕倫，可惜你而今還沒有觸到她的裙角。讓我們把愛情封存成信仰和堅持，終有一天，可以驕傲而不是虛偽地向世人宣佈：這才是我的一生之愛。

人生最宜「正、清、和」

（真正擁有方正、清平、祥和的大懷抱，才能對經過的、看過的一切都

付之一笑。這不是勸人遁世，而是提倡一種積極的、看待人生的總體態度。仰觀宇宙之大，俯視品類之盛，熟視山水，才會見得真山水。萬類自由，相安和諧；得失有道，苦甘皆好。看開去。）

簡墨：

你好！

寫這封信請你不要笑話。我都退休了，心裡卻無比鬱悶。退休前我在機關做公務員，處理公務之餘，喜歡搞搞書畫，可一直就是個給鄰居寫寫對聯的水準；看人家都發了，也想下海賺錢，可錢也沒賺多少；想幹番事業，也不過就停止在了副處……政界商界幾進幾出，坎坷半生，遇到過許多小人和不平事，也憤怒，也無奈，理想挺好，也幹了不少職業，都因為種種原因沒堅持下去。想想真是自責，悔恨不已。請你幫我梳理一下，勸勸我也好啊……

老王

王老：

您好！

您看您是位老人家，不好意思在您面前說些閒言閒話。

大概我們小時候都曾有些瑰麗的夢吧？簡單而直接的願望，純粹而晴好的志向，像汁液飽滿的蘋果，那是我們關於人生的理想作文。今日的月照在那時，生命確乎是靜謐甜香的夜色下一片淺草豐美的莽原。而今日的我們，也確乎已經漸臻成熟──理想瘋長成慾望，事業騷動成不安，成功等同成賺錢……因了俗務的苦心消磨，「蘋果」不斷萎縮和乾癟，看上去十分地不美。

然而「不美」是常態，「美麗」是意外。長長的生命裡，沒有誰能完全按照自己畫定的路線走下去。只要有路供你走了，不至於走投無路甚至「倒臥」，就得心存感激。

所以您不必太自責。我們中有誰曾認定一條自己的路，死無悔地走下去？就像拿破崙的老兵在英雄去世多年之後，身無分文地坐在窗前，看著香榭麗舍大街上復辟的火炬而依舊用最後的力量告誡兒孫一樣？理想哪是一個概念？理想是一種生命的運動，有堅持，也有轉換；有百轉千迴，也有守得

雲開見月明；有一飛衝天，也有田疇間的酣甜小憩......如果不是太不走正道，一般情況下，人生的路即便走得不夠精彩，也不至於一敗塗地。

　　我就覺得您挺好的呀：喜歡書畫，能寫對聯（多少人寫了一輩子人家不求他寫對聯呀）；下海，賺了些錢（多少人下海賠得只剩下褲頭了）；幹事業，都到副處了（不知道吧？多少人盯您這個「副處」盯得眼睛冒血！）......唉，心裡寬厚些，乾淨些，自得些，就不那麼熙熙攘攘亂紛紛，覺得太委屈了。

　　其實，古來不少聖賢都崇尚的「正、清、和」的人生觀還是值得借鑑的。「有正清和者，見世間齷齪事、腌臢事、不堪事如見小兒渠邊戲水；見世間轟動事、熱鬧事、喧囂事如見群蟻捉蟲。其處世間似，青鳥水上掠，影雖隨水動，或聚或散、或正或斜、或明或暗，然真身不動，不惹塵世，自任翱翔。大境界。」我想，這裡說的「大境界」應該就是人生真正的美學境界，即「平遠之境」：俯仰不累頸項，但足夠悠遠。在這個情境中，層巒疊嶂，起起伏伏，綠水逶迤，若隱若現。這種境界不會給人產生「鳶飛戾天，經綸世務」的盲動，而是教人真正擁有方正、清平、祥和的大懷抱，才能對經過的、看過的一切都付之一笑。這不是勸人遁世，而是提倡一種積極的、看待人生的總體態度。仰觀宇宙之大，俯視品類之盛，熟視山水，才會見得真山水。萬類自由，相安和諧；得失有道，苦甘皆好。看開去。

　　講求一點「正、清、和」吧，我們不能讓自己總是那麼難過。

珍惜和憐惜

　　（自大就像一劑慢性毒藥，在無休無止中模糊人的意識，在不知不覺中消耗人的快樂，降低人成功的機率；自大又像一些蟄伏在我們生命長堤上看似渺小的蟻，總有一天，我們會被自己的自大所引來的巨浪所吞噬。......而有時，恰恰是「優秀」成為了一個人的負資產，使他（她）不能更好地知己知彼，而遭遇「滑鐵盧」。）

簡墨：

你好！

我今年38歲，不是「鑽石王老五」，也算「白銀王老五」吧。我事業有

成，在高級社區房子就有5套，光吃房租也夠我下輩子生活了。別人也給介紹過不少女孩子，我總是不大滿意：是選擇天真活潑、有點野蠻的好呢，還是選擇穩重、賢慧的做妻子好呢？況且，好看些的比較任性，難伺候，長得一般的懂事，我又看不順眼。怎麼就沒有完美一點的呢？要不就這麼耗著，到有合適的再說。我這麼優秀，不想在婚姻大事上留下遺憾......

謝臨風

謝臨風：

你好！

不知道您聽說過一個流行俚語沒有？「吃飯有葷有素，老婆一正一副，好看的軋馬路，難看的做家務」——男人們的理想人生啊！不過，也就自己心裡胡亂想想罷了——現代文明走到今天，但凡不瞎不麻不瘋不傻的女人，誰能容忍得了這種鬼事情！其實，不懂得珍惜和憐惜，大抵如小時候媽媽給煮了白水雞蛋做早點，只是不喜，拂袖而去，等而今自己巴巴地到南部山區，花高價買了據說是冒牌的土雞蛋，才特別地珍重起來。可是歲月蹉跎，雞蛋可以重買，青春可以重來嗎？「鑽石」抑或「白銀」王老五是那麼好做的嗎？真正像樣點兒的女孩看得上滿透著沾沾自喜還挑肥挑選瘦、妄想占盡風情的「奔四」男人嗎？您也太把自己當回事了吧，您以為您是誰？而往往是只為年少時的不懂得，才曉得了錯失原只是人生尋常，而錯失都有一種錐心的痛。況且，38歲是個絕對算不上小的年紀，您缺乏這個年紀的男人普遍缺乏的危機意識——等到好女孩們早嫁與良人，小女孩子們還在茁壯成長，你就給撂空啦，像雜誌上開了天窗，原野裡荒了田疇，怎麼補救都只剩三個字：來不及。您以為人人都哭著喊著想嫁給白鬍子老爺爺被他慈祥地撫摩嗎？想想都起一身的「小米兒」！那女人只是異數中的異數，那白鬍子老爺爺恐怕也得是精英中的精英，她和他才有那心和那膽兒。普通人？歇著您的。

在人的一生中，自大就像一劑慢性毒藥，在無休無止中模糊人的意識，在不知不覺中消耗人的快樂，降低人成功的概率；自大又像一些蟄伏在我們生命長堤上看似渺小的蟻，總有一天，我們會被自己的自大所引來的巨浪所吞噬。慢慢等著吧。

我一直宣揚，每個人有每個人的優點，有屬於他（她）個人的穩定資

源。我們需要做的，是用心經營這片穩定資源，使得自己成為一個富礦，而有時，恰恰是「優秀」成為了一個人的負資產，使他（她）不能更好地知己知彼，而遭遇「滑鐵盧」。您得趕緊培育一點「天哪，我得抓緊了，不然就晚了」的思想，不然，一個不管不顧兀自停留在少年的中年人，絲毫沒有洞悉後的通達和澄澈，沒有變嗓，依舊用童稚的聲音叫喊：「我不吃雞蛋，我討厭雞蛋！」……天，真讓人覺得到了世界末日。

您如果還是不懂得珍惜和憐惜，一味自我感覺良好得不行，那麼我想即使您有了意中人，末了您不遺憾，她遺憾。

To be or not to be

（一個好的愛情應該是人生裡的福祉，而不是符咒。它是一定叫人覺得活得有味，渾身是勁。老老實實地說，你給她們的，哪一個是？只叫人家活得煎熬，懷疑人生。你自己呢？活得紛亂，抓心撓肝。無論和誰，安安寧寧地過日子，積攢細小微茫的幸福，都是世俗生活裡的康莊大道。）

簡墨：

您好！

這麼跟您說吧，我愛上一個女孩，是無論身體還是心靈都無與倫比的愛！我們在一起還沒有多久，可是，我的妻子，那個人身份雖然是個教師，卻實在是個悍婦、妒婦，公然找她挑釁！迫使她的單位開除了她！我也被她脅迫回家——那是我自己辛苦工作賺下的家！我沒有了尊嚴沒有了面子，甚至都沒有了活著的勇氣！她有什麼貢獻？她除了罵街還有什麼本事？前天，我找到我深愛的女孩，哭著對她說：「我永遠愛你。」可她也罵我懦弱、自私，回家妻子則罵我冷酷、無情……天，我該怎麼辦？！

泣血如雨

泣血如雨：

你好！

呵呵，你的語言頗有點莎翁風格。那麼也請讓我用兩句他老人家戲裡的話概括我對你的印象吧：

1、「什麼人的壞處都有一點，可是一點沒有自己的特色（《威尼斯商人》）」。

2、「你的形狀是一個男子，你卻流著婦人的眼淚（《羅密歐與茱麗葉》）」。

喏，就是這樣，你無可辯駁。

你不是「冷酷、無情」，是相當地冷酷、無情：你與之結髮的妻子，你侮辱她「悍婦、妒婦」，試問假如她知道你出軌仍對你溫情脈脈、細語款款，你是不是要譏笑她「瘋婦、憨婦」？你真可怕！

你不是「懦弱、自私」，是我從來沒見過、沒聽過的懦弱、自私：你口口聲聲「深愛」、「無與倫比」「永遠愛」的女孩，帶給她的卻是失業、侮辱、踐諾和無盡的痛苦！你傷害了人家卻甘做鴕鳥，偏安一隅......你得感謝她沒有把你開除出人類。

除了她們應該一起指著你的鼻子罵你「懦弱、自私、冷酷、無情（這四條安在你身上無比妥當）」，你哪有一絲主見？你到底要怎樣？像個男人嗎？一個像樣點的男人應該是有擔當的男人，遇到麻煩他當然要勇往直前，況且這麻煩還是自個兒惹的。他得懂得從一地雞毛的混亂中去收復失地，去攻城掠地——你倒好，光剩尿褲子了。

你非但懦弱、自私、冷酷、無情、缺乏主見，還小氣——知道嗎？天下女人沒有不討厭小氣男人的。哦，不但小氣，還撒謊——你前邊分明說你妻子「身份是公務員」，後邊又忿忿地講「那是我自己辛苦工作賺下的家，她有什麼貢獻？」天吶，我又要嚷：「你真可怕！」也許你經濟上貢獻大一點，但你這麼信口雌黃，即便不出軌，也一定叫人寒透了心。

一個好的愛情應該是人生裡的福祉，而不是符咒。它是一定叫人覺得活得有味，渾身是勁。老老實實地說，你給她們的，哪一個是？只叫人家活得煎熬，懷疑人生。你自己呢？活得紛亂，抓心撓肝。無論和誰，安安寧寧地過日子，積攢細小微茫的幸福，都是世俗生活裡的康莊大道。努力達成一個入世的、圓融的、尋常的、安適的愛情，而不是引頸就戮——唉，你簡直就被這充滿刀兵氣的所謂愛情殺掉了。

可以說，無論怎樣選擇，都有點荊棘密布的樣子。因為你做得實在是太糟了，或者說你本人實在是太糟了。無論怎樣選擇，都要負責任，有原

則，都要仁義，要慷慨，要像一個男人。這樣才不會在日缺人老的時候，感歎日日無好日，人人非好人了。其實，回想這場糾葛，也許你會幡然警醒：人人都未必壞，只有你，一定壞。

為了快樂　略過憂傷

（我們書讀得不多，可很多把書讀得和狗肉一樣爛的人並不比我們聰明多少。你能在城市立住腳，是值得恭喜和有安慰的事。我們隸屬「草根」，但塵世喧囂，千萬人擦肩而過，而我們，雖然腳步踉蹌，卻能擁抱。這也算一份微茫的幸運吧！）

簡墨：

您好！

您不笑話我吧？我是被稱作草根的那個階層，讀書不多。我先到了城市工作，然後，我穩定住之後，相愛6年的女友也從縣裡出來了，沒有什麼合適的工作，就在家先待著。本來我壓力就很大，晚上常常失眠，可她每天無所事事，居然連衣服也不給我洗，她說：伺候我那樣就覺得矮我一等。我就隨便她怎麼想吧，也不強求。於是我想結婚了她就好了吧？提出結婚，可她說婚禮也要完全按照農村風俗辦。我不是變心，是覺得那樣不好。而且，她床底下老是堆積著很多髒衣服，包括她自己的，我不喜歡，勸導她也不聽。工作沒前途，她又不關心我，苦悶ING……

歇菜

歇菜：

您好！

每天接到不少諸如苦悶、憤懣的信件，像瘟疫，有時染得我的心也憂傷起來。唉，能不能讓生活裡的快樂更多一點？就像投入瓶中的石子，多一粒飽滿的快樂，就少一粒空白的憂傷？所以，為了快樂，請啟動我們的積極思維，擠走憂傷：我們書讀得不多，可很多把書讀得和狗肉一樣爛的人並不比我們聰明多少。你能在城市立住腳，是值得恭喜和有安慰的事。

我們隸屬「草根」，但塵世喧囂，千萬人擦肩而過，而我們，雖然腳步

跟蹌，卻能擁抱。這也算一份微茫的幸運吧；她也許有很多小缺點，但6年的感情啊，不是說散就可以散的。等等她，等她慢慢適應，等她有些敏感的女孩家的小心思轉過來。很多時候，變心不過是沒有耐心等愛人變得更好──有的女孩還等不得窮小子變富足呢。這也是檢驗是否真正好戀人的試金石；退一步講，如果她就是堅決按照農村風俗辦婚事，打死也不改變主意，那……只好那樣辦唄。又少不了你一根毛。那樣辦也許別有一番熱鬧和喜慶吶。

相信吧，我們每個人的內心都有一個丑角，它卑微、猥瑣、言語唐突，面目可憎……只是，我們自己有時不曉得而已，我們總是把自己想得好過我們本身。我想，也許正如你的女友敏感感覺到的，真的因為生活環境的不同，你有點看不慣以前看慣了的事了，譬如她不愛洗衣服。不過，這也是正常的，缺陷是完整人格的一部分──只要沒有和別人曖昧不清，就還算一個活得可靠的人，扯不到什麼變心。時間再久一些，她自己或許也會看不慣自己的生活習慣了。倒是要少勸她改，因為那樣傷人自尊，反而效果更差。要讓女孩子有面子。

其實，你的問題不過是你細碎的抱怨，和她潛藏的幽怨。唉，別這樣，愛情的肚腩怎麼長起來的？就是這些看似微小和無痕的粉塵給填補的，它讓我們不快樂。想快樂就「凡事包容、凡事相信、凡事盼望、凡事忍耐」呀……咭，我們不是讀書不多嗎？看這句子像哪裡邊的，找來讀讀吧。

做自己該做的，做自己能做的；等待際遇的改變，等待她的改變；相信拚力付出就有得到，相信恆久忍耐必定回報關愛……快樂起來，一切都會好起來。普列什文說，「世界上沒有比快樂更好的東西了，它比幸福還要好。」

是的，快樂是樣頂好頂好的東西，塞滿我們大段大段的人生，而憂傷也理應只是裡邊的轉折詞和虛詞。來，為了快樂，讓我們試著略過憂傷。

愛情的「小鬍子」

（難道你，不覺得成人有一點乾乾淨淨的兒童情結有多麼可貴嗎？這也許是最值得現代人感動的一種品質了吧？那些久違了的品質──純潔，善

良，誠摯，不撒謊......是不是凝聚了人性中叫人懷念的閃光點？為什麼隨著一天天長大，這樣的品質反而消失了呢？是因為成熟了，聰明了，明白如何斤斤計較和明爭暗鬥了？無非如此。）

簡墨：

您好！

給您說起來都丟人，我以前的女友變心了，而且現在她跟了別人後，還對周圍朋友說她十分幸福。朋友是我們共同的朋友，他們來勸我、關心我時，我覺得面子都讓她給丟盡了。我不明白為什麼她這麼薄情寡義！要知道，我為她付出多少呀！從金錢到感情。我氣憤地罵她欺騙我，她也和我大吵了一架。我們本來是相互欣賞的呀！我要和她鬥到底。我這樣設想：這輩子無論她和誰再成了，我都不離開她很遠，總有她生活不遂心的時候吧？就算那人再好、她事事順利，無論如何我都一定要成為她的藍顏知己，不再次得到她的心我誓不甘休！

狂夫

狂夫：

您好！

唉，別火氣那麼盛好不好？傷身體。

還記得小時候嗎？我們都那麼愛給畫書上的人物──尤其是美女──畫上一撇撇小鬍子，弄得她張飛似的。大了想想，因為那一撇撇小鬍子，整本畫書幾乎廢了，沒法兒看，真可惜。再者，你看而今鋪天蓋地的戶外廣告上，各種版本把蒙娜麗莎給糟蹋成什麼了？

我們最初的戀情應該只有一個版本，那就是乾淨，赤子眼眸一樣的乾淨。你看你給它畫上一撇小鬍子，多難看呀！

有乾乾淨淨的青春做伴真好！難道你，不覺得成人有一點乾乾淨淨的兒童情結有多麼可貴嗎？這也許是最值得現代人感動的一種品質了吧？那些久違了的品質──純潔，善良，誠摯，不撒謊......是不是凝聚了人性中叫人懷念的閃光點？為什麼隨著一天天長大，這樣的品質反而消失了呢？是因為成熟了，聰明了，明白如何斤斤計較和明爭暗鬥了？無非如此。既然長大是這樣子的，索性大家都不要長大、保持衡定狀態才好。但是這樣又似乎只是氣

話——在這個世界生存，就要遵循這個世界的遊戲規則，否則，便活成了一個笑話。

因此，保有一份戀愛初期的乾淨，再濾去孩子般的負氣，是你目前最需要做的，是你應該遵守的遊戲規則。愛她就要尊重她——尊重她的選擇，也尊重共有的那份情感。人生如戲，是由無數起承轉合的「偶然」攢起的場子，有時只剩下無能為力。我們能把愛情怎樣？只有它把我們怎樣了的份兒。她在某個當兒，愛上了別人，這就是那個關鍵的「偶然」。你只有認栽。再者，分手是兩個人的事，我從來不敢完全相信一個當事人的一面之詞。理解一點她也許更好？

其實無論是哪一種愛情，本質都是十分脆弱的，易生又易滅，也經不起推敲和解釋。看開了，丟開手，反而從容。

喏，藍顏知己不是那麼好做的——有「引爆」的危險。我不贊同相互欣賞、同聲相契、比友誼多、比愛情少的那種感情，那會被誤以為是過渡時期的愛情，有修成正果（情人）的可能性，那種分寸不是你我這樣的一般人所能拿捏得了的。要嘛「全部」，要嘛「全不」——我看你選擇「全不」比較合適。

愛情是個瘦弱的聖者，只以忠貞和誠摯為食，如若用痛恨和怨懟做成引子，飲鴆止渴，貪一時的口腹之慾，愛情之於我們還有什麼意義？別糟蹋我們美好的記憶吧，我們會因此更加容易接近幸福。

你不幸福就是你的錯

簡墨：

你好！我來自農村，少言寡語，有點自卑，沒多少能耐，幾乎是一個庸人。小時就很嚮往城市生活。專科畢業後，沒聽從在城市裡工作的姑姑的勸告（她強行安排我去一家工廠上班），獨自來到這座熟悉而又陌生的城市。經過一番風吹雨打，我終於拼打出了一小片天地，現在我在一事業單位做事，一幹就是三年。我現在正在考職稱，希望能為自己以後鋪好路。可是有時對生活有一種厭倦感，內心有一種說不出的苦。我這人有點內向，我這個年齡的男孩早就應該有女友了，可我沒有。我什麼都沒有。我很懷念家鄉

的環境，那裡有......愛過我的那個人。可以我現在的情況回去找一份好的工作也不容易。簡墨，我該怎麼辦？

青衫

青衫：

你好！

一、「是一個庸人」不是你的錯，可是庸人自擾就是你的錯了；二、背叛既定的生活——「沒聽從父母強行安排」不是你的錯，背叛自己的心靈——「對生活厭倦」就是你的錯了；三、「有點內向」不是你的錯，可是你「什麼都沒有」......唉，你叫我怎麼忍心說「就是你的錯了」呀？

我一直以為，除掉天災人禍戰爭「非典」......等等不可抗因素，作為正常、平常生活中飽食暖衣的任何一個人，幾乎沒有什麼理由可以說自己不幸福，問題在於看你怎麼看——看幸福這東西。

其實誰又能擁有太多？我們都是人間平凡的孩子，只要有那麼兩三樣兒略略不錯的，就已經十分難得了。我想，千萬不要苛求什麼，而且得到的越多必定所受的磨難也就越多。我現在對於愛情和事業，都抱著十分淡定的心態——成功與否真的那麼重要嗎？不是的，我也不是對於我的生活給予太多壓力，隨遇而安罷了——反而因此比別人幸福了似的。其實你看我出身優裕，卻曾經清貧，思想單純，卻活得像一個個故事......都是你不能夠想像的。但如果你認為苦就完了，主要是自己總是保持好心態：好！都過來了，毫髮無損。不好嗎？要求不高吧？這樣一來，所謂的快樂和幸福也就不遠了。什麼都不可怕，就是別失望。不要感歎——別這樣，你那麼年輕，有的是資本，有的是機遇（包括愛情的）。人生真的像賭博一樣——我有時想起自己的第一段轟轟烈烈的戀愛，真的如同別人的故事一樣，我怎麼那麼不經意就放手了？——那未嘗不是一份安定快活的感情，而它有它那一段的好。但是緬懷是不可取的，只有認為手中握的是最好的，才是智者所取，才是幸福之源，因為過往的無論如何是回不來了，我們只有向前走，而前方也必然有我們未曾見識過的風景，迥然於其他的美好。足夠了。可不知為什麼這世上儘是些因了蹺了腳尖去勾離自己太遠的那串葡萄仆地倒臥的人——那些可憐的傻瓜。

讓我們做個智者、做個唯心（唯自己的內心為標準）、幸福（萬幸就是

福氣）的人吧。你不幸福一定就是你的錯，沒什麼道理可講。

我乾杯 你隨意

（甩甩頭，換副腦筋，要精精神神的呀。……在愛情裡，誰不是遊走的戲子，一路搭台演出？往往我們在愛人懷裡一覺醒來以為已經有了一生這麼長──其實一生卻還遠未曾過去。佛說：放下便是。一個人只要不想再要，就什麼都可以放下。無論多麼驚豔而壯觀的回憶都不過是海市蜃樓。）

簡墨：

你好！

我和女友最近分手了。她提的。這幾年來戀愛確實談得很辛苦：我們都不十分信任對方，在對方面前都有些自卑，脾氣又都很急，很倔，動不動就幾天不說一句話，性格也不是很登對……說起來都是些很瑣碎的原因，反正怎麼努力都是那樣，彆彆扭扭的。而且，吵架很傷感情，我們都明顯地感覺到，彼此都不是那麼深切地愛著對方了。我心裡很亂，又有點痛恨她。我們都不準備回頭，有一個月互不理睬了。也算是彼此相愛吧，怎麼說一個分手就這麼狠心？我真想找她大罵她一頓！可打手機她要嘛就是不接，要嘛就是轉移到其他固定電話上，叫同事接，弄得我十分惱火又無處發作……

不得開心的彌

彌：

你好！

其實也別說誰更狠心。古人說過：天下最毒婦人心。古人又說過：無毒不丈夫，量小非君子。添個橫批，我想就是：沒一個好東西。──呵呵，開心了嗎？其實都是好東西。就是緣分不夠安守一生。記得《情書》的情節嗎：渡邊博子在白雪皚皚的大山面前，茫茫的雪地裡嘶啞著喉嚨無數遍地哭喊：おげんきですか わたしはげんきです。她說：你好嗎？我很好。唉，那些枉然凝眉的故事，就不要玷汙了吧？哭過的失去的愛情，寂寞過的寂寞的青春，相思過的春閨夢裡的人，恨過的糾纏的過往，最後也不過這輕輕的一聲「你好嗎？」，而歸於寂寂大荒。所有的分手都是不得已，負

心也有負心的傷痛。不罵，不毀滅它最初的美好，好嗎？甩甩頭，換副腦筋，要精精神神的呀。誰說的？什麼都會過去。那些曾經為之流淚的愛情，何嘗不是一樣？在愛情裡，誰不是遊走的戲子，一路搭台演出？往往我們在愛人懷裡一覺醒來以為已經有了一生這麼長——其實一生卻還遠未曾過去。

佛說：放下便是。一個人只要不想再要，就什麼都可以放下。無論多麼驚豔而壯觀的回憶都不過是海市蜃樓。

再者，愛情裡最忌患得患失，哪怕它離去時也一樣。一個人，尤其是男人，在分手後還能抱有「我乾杯，你隨意」的態度對待那個負心的人，才真正不枉稱活得大氣恢弘。

愛的軟肋

（親情是愛情走到成熟的最明顯的標誌之一，但愛情的最主要的成分依然是「喜歡」。曉得嗎？那種本能的、原初意義上的喜歡是一生的關鍵字——換言之，即：不死，這種東西就必須存在，令彼此愉悅。）

簡墨：

你好！

不知道我遇到的問題算不算問題：我今年21歲，就已聽慣了婚姻「平平淡淡才是真」的箴言。尤其是被無數人渲染過以後，更對婚姻不寒而慄，我怕父母催我結婚，怕朋友們成天打趣我們，開吃喜糖的玩笑，甚至，我還怕女朋友和我一起憧憬婚後的甜蜜的幸福生活，包括孩子呀什麼的。憑良心講，我女朋友是個好人，雖然不是特別漂亮，也還是大家眼裡綜合條件很不錯的女孩子。我們兩家算世交吧，老早就都覺得我們倆肯定成。因為家裡人都覺得我們從小一起長起來的，大學又是同學，互相瞭解，可說實話，我並不喜歡她……

小柯

小柯：

實話講，平生最膩煩關於愛情和婚姻裡「平淡是真」的論調——那種歪

曲了的「平淡」之解。它曲解和壓抑了多少人對愛情美好的真義？又使多少人因此未及探得愛的美妙而折戟，遁入無際的凡俗？親情是愛情走到成熟的最明顯的標誌之一，但愛情的最主要的成分依然是「喜歡」。曉得嗎？那種本能的、原初意義上的喜歡是一生的關鍵字——換言之，即：不死，這種東西就必須存在，令彼此愉悅。唔，聽到、看到、觸到、想到的那些枝枝椏椏的小聲音、小動作、小表情、小毛病兒……諸如此類的小可愛，到老依然可愛，才叫愛情，而不是完全成了什麼平淡。愛應一直是彼此滲透成像空氣和水一樣的不可或缺，是和諧，是寧靜，是綿長，是美好中的美好，是依然的柔情似水，而不是蛻作一潭死水。

其實，愛情最軟的軟肋恰恰是這種味同嚼蠟的「平淡」。追求去好了，才21歲，難道一生便平淡下去不成？愛應是活潑潑的，根本不該如此暮氣橫秋。

幸福感是種什麼感

（「開弓沒有回頭箭」，既然出生了，就得活下去，青衫哭濕了，擰兩把，也就算了，過後還得跋山涉水地朝前走。每個人都必將受到生活的擠壓與掠奪，不是這樣就是那樣——好在歲月總是恩威並施。去煩去死有什麼用？不如好好吃睡，休養生息，養好朝氣、銳氣、血氣，再目光如炬地去戰鬥，奪回一切。）

簡墨：

你好！

說起來有點丟人，我這幾年不大順：本來我下海經商，投資和朋友一起開服裝店，開始好好的，後來賠錢；再回到機關吧，又過了時機，升職機會被同事早早占了去；家庭也不睦，孩子不親近我，和老婆的關係也越來越淡（她在外地分公司工作，很能幹，經常不回家，說不定那邊已有了人）……反正什麼倒楣事都讓我遇上了，我空有一腔煩惱沒處去傾訴！……四十多歲的男人都這樣「活著就是受罪」嗎？……簡直活夠了，對生活全然沒有了慾望。今年是我的本命年，是不是該著運氣特別差？

廢名

廢名：

你好 ！

你看你吧：有錢投資，有機會升遷，有老婆可以去重修於好……即便有一時的不順利，你已經讓許多人羨慕了。要不要和他們換換？人生是不是很短暫？人是不是一種思想性、能動性、可塑性很強的生靈？生命是不是一種探求快樂的過程？……說到底，把自己的不快樂歸咎於「際遇不好」不過是失意人跌倒時自憐自艾的自言自語。好，就這麼講：既然我們來這世間一遭，已經是命運的垂青，既然百年不過一瞬， 那些所謂「際遇」簡直小到小數點以後的「忽略不計」……為了些許「得不到」和「已失去」而大把虛擲本就不算多長的生命，豈不太划不來？ 人生的慾望是不可能全部泯滅的：五慾裡「財、色、名、飲食、睡眠」的「飲食」和「睡眠」，你戒都戒不掉。「江州司馬青衫濕」透以後，不是到底還未能忘情於詩酒嗎？日子層巒疊嶂，生命才是可恥的平庸，然而誰又有勇氣真的放棄了虛榮？「開弓沒有回頭箭」，既然出生了，就得活下去，青衫哭濕了，擰兩把，也就算了，過後還得跋山涉水地朝前走。每個人都必將受到生活的擠壓與掠奪，不是這樣就是那樣── 好在歲月總是恩威並施。去煩去死有什麼用？不如好好吃睡，休養生息， 養好朝氣、銳氣、血氣，再目光如炬地去戰鬥，奪回一切。

我還是堅持幸福感大抵是一種純粹唯心的高級精神活動。認識我的人都認為我足夠幸運，生命中應該沒什麼意外。其實呢，我七個月出生， 20 歲以前一直身體羸弱，但我只記得我活下來已經是個意外──在壞的際遇裡出現的好的「意外」；我粗心，推童車逛精品屋時連著丟過兩個手機，但每次家人都講「還好，沒有丟了孩子」而歡天喜地；我先生也曾投資血本無歸，但我們認為「人很健康，沒有被愁出毛病」，這已足夠感謝上蒼…… 有首優美的俄羅斯民歌叫《大自然沒有壞天氣》，似乎專門為一切失意著或失意過的人量身訂做。可不可以下載來聽聽？

破了相的婚姻

（ 想來您也不過40歲，還有大半生要活。對人是放生，對己是重生，真實地要，樂意地給，總比一生做個全部鎖滿戲袍的箱子、笑給觀者、啼給自

己的好。況且人人最在乎和關切的角色，其實都是自己。某事情出來，親戚或余悲（喜），他人亦已歌（哭）。夠了，那樣為了別人的側目的傾情出演。）

簡墨：

你好！

也許你覺得我太悲觀了，可我覺得這個世界上沒有誰比我的遭遇更難堪和痛苦的了：在外邊，我和我妻子是典型的好夫妻：郎才女貌，事業輝煌，相敬如賓，成天笑呵呵的，還常常牽著手。但是，十幾年過下來，只有我們自己清楚（連她父母都不知道）：一扭頭就把手甩開呀，恨不能天天不見對方、一輩子不見對方才好呢！大家誰也不愛誰，簡直厭惡。只是湊合——為了孩子，為了面子，為了事業。不好意思，在社會上，我們還都算是有頭有臉、混得不錯的那種吧。現在，我們都有自己的固定性伴，誰也不講，也不吵架，心裡可都倍兒清楚......這種鬱悶的日子真難捱啊，有時都覺得身邊有這樣一個人在，人生真太無聊了......

晨曦

晨曦：

你好！

唉，又是同樣面子光鮮、裡子爛掉的婚姻套路。

其實，我倒贊同給婚姻適時破破相：有問題，而且是原則性（我認為的原則性是：看見就煩；不忠誠；出於感激而結合；等）的問題出現時，就像臉上長痘痘，卻試圖用更加厚實的粉底遮蓋一樣，只能使痤瘡更加燦若繁星、在卸了妝之後更加難看。而大凡破了相的婚姻到底是可喜可賀的——喏，破了，醜了，鬧到臉上了，也就豁出去了——一不作二不休，就那什麼，離了！再內服外塗，重新來過，真正笑靨如花，奔自己那一片大好前途去！其實，婚姻裡的兩個人未必就一定死守（不是廝守。人家長相廝守的倒未必死活捆一塊兒呢，人家彼此一定各自有各自的空間。那是另外一個話題）。愛的一路當行則行，當止則止，行處如行雲流水，從容寫意，暢快無比，猶如參差潑墨；止處也毫不凝滯，暗香浮動，拘中有放，宛若有心留白......牽手時又單純又美好，放手時且歡喜不憂傷。橫看成嶺側成峰，怎麼看怎麼都是風景；雲在青天水在瓶，誰個都可以各得其所。

想來您也不過40歲，還有大半生要活。對人是放生，對己是重生，真實地要，樂意地給，總比一生做個全部鎖滿戲袍的箱子、笑給觀者、啼給自己的好。況且人人最在乎和關切的角色，其實都是自己。某事情出來，親戚或余悲（喜），他人亦已歌（哭）。夠了，那樣為了別人的側目或青目的傾情出演。

謝幕了也罷。

誰讓胭脂染了灰

（厭倦是個鬼，是它讓胭脂染了灰。然而，這是你我共有的人性的弱點，我們總是偏愛新買的衣服對吧？新人總有一天會變成舊人。然而舊人才是我們的愛人——要老懷念曾經的新人的明豔照人，就得接受舊人而今的自來舊。不一樣的好，需要你不一樣的歡喜去打量。）

簡墨：

你好！

談戀愛的時候，她挺好的，很體貼很溫柔，一直對我呵護備至，我當然也很關心她。可是幾年下來，同居時間久了，馬上要結婚了，她卻早沒了什麼激情和熱情，沒事光看電視，偶爾看看報紙，連本雜誌都不看，真叫人受不了。我雖然也感覺和老夫老妻似的，幾乎沒了愛情，卻也裝著非常愛她的樣子......我裝，她也裝。但是，確實沒有什麼矛盾，也沒有誰有了外遇。生活這麼平靜，平靜得像時間靜止了，平靜得讓我感覺不到我們的愛......難道愛情不能輕鬆擁有並長久下去嗎？辛苦的愛還不如沒有呢。......

若塵

若塵：

你好！

記得安徒生的《沒有畫的畫冊》中，寫一個小女孩在禱告完「謝謝上帝賜予我們每日的麵包」之外，還嘀咕了一句什麼。媽媽問她，她回答：「我希望上帝在上面多多抹些黃油。」——也許，愛情對於我們的意義，更像是慈悲的上帝多抹了的那一點黃油吧？它讓生活變得明亮、甜蜜，熠熠生

輝。

　　因為兩個素昧平生，愣愣地給捏合在一起，有二十幾年上基本上是自己活自己的，甚至根本不知道世界上有對方這一號。所以說這樣的基礎連姊妹兄弟在一起混很多年、擁有共同生活環境的那種優勢都沒有。所以，就像荒野種莊稼，要想締結起溫暖而恆定的關係，其難度可想而知。

　　愛情的感覺永遠是相互的，對應的。在我剛工作時，我爸爸就對我說過：「不要那麼多事，討厭別人。你知道嗎？這人都是對應的：你討厭人家，言談舉止、甚至下意識就必然帶出來一些資訊，讓人家也討厭你。」愛情更是如此。任何一點小心思，你不講，別人也會意識到。所以說，人生不是期末考試，不是天上掉餡餅，而是天天不斷的突擊測驗，是汗滴禾下土。

　　沒辦法，我們不得不思考：怎樣去查漏補缺，怎樣去防旱抗洪，怎樣去「才了蠶桑又插田」似的、辛勤的農人一般，去養護愛情，並付諸行動。這幾乎是一輩子的事，不可懈怠。

　　不想流汗受累地改變、完善自己也可以，能怎麼樣？那，只有等死唄——你知道伊索寓言：夏天一味唱歌取樂、不事勞作的蟬，冬天就要被餓死。這樣的囤積居奇都是為長久地擁有愛情。想光唱歌兒就可以幸福一輩子，呵呵，想像力夠豐富的。

　　厭倦是個鬼，是它讓胭脂染了灰。然而，這是你我共有的人性的弱點，我們總是偏愛新買的衣服對吧？新人總有一天會變成舊人。然而舊人才是我們的愛人——要老懷念曾經的新人的明豔照人，就得接受舊人而今的自來舊。不一樣的好，需要你不一樣的歡喜去打量。

　　舊的好在於：人們愛舊鞋子，因為它不夾腳；人們愛舊品牌，因為無論過了多久，打過去的報修電話總有人接。人們愛「舊人」，因為習慣了他（她）的照拂。愛情是不可以獨善其身的，愛情必須兼濟他人——尤其是他人已成舊人的時候。想來世上有多少髒髒的字眼：誘惑、曖昧、貪婪、懷疑、嫉妒、恨之入骨、落井下石......而我們身邊的這個人，他（她）依戀我們，我們也依戀他（她）......是的，是依戀，愛情從「新」愛到「舊」，就是依戀。

　　一旦胭脂染了灰，也沒什麼可怕的，洗去鉛華就是啦。愈愛愈本真，愈

舊愈依戀。那個人知道你的好，也知道你的不好──沒有人比他（她）更瞭解你；在他（她）面前，你願意是孩子就是孩子，願意當大人就當大人；哪個悶了，商量著去看場電影，哪裡癢了，相互可以撓撓；到時候生個小孩子，評論評論他的五官哪兒那兒像誰......喏，伴侶的意思就是說，藉著愛情的由頭，在世間做個伴兒。

別怕別人說你花心

（同一個人結婚，這件事同戀愛還不一樣，一定要萬無一失──當然這不是說，戀愛應該胡來。但是在極度認真的戀愛中出現了問題，就必須面對它。我想，大家不想和別人結婚，一定是別人和我們有不相容的地方。而且，在十幾歲那樣一個年紀，戀愛本身就是一個笑話。那樣淺淡如雲、純真似水的「戀愛」，姑且算是戀愛的楔子吧。）

簡墨：

您好！

我有一個相處了幾年的女友，是家裡在我18歲時看著給訂的。她爸是村支書，對我家很照顧。她對我十分好，我對她也不錯。不是沒有和睦的日子，否則也不能到現在是吧？可是最近兩年，我對她越來越沒感覺，甚至討厭她（她的臭毛病太多了，懶惰、不上進、貪便宜、神經質、吵架愛摔東西......我都懶得列舉）。前一陣子，朋友聚會時，我認識了另外一個沒有男友的女孩子，我們的第一印象都特別好，她簡直就是我的夢中情人！她一切的一切讓我看了都那麼順眼、舒服。我們見面的機會並不多，沒有單獨約過，也就是藉著朋友小聚亂騰著才能見到，但是每次見到她我都臉紅心跳，她也是。可是我實在......我不是一個不負責的人，真的。怕因此傷害了女友。我非常苦惱。您說，我該怎麼辦？

田野

田野：

你好！

你提到這個事情，我倒是有許多感慨。

人生到處，雪泥鴻爪，多少事情曾經刻骨銘心，然而前塵隔海，最終一切水過鴨背全不留痕。這是規律。常常是在不知不覺中就易了乾坤——誰的愛情不一樣？

　　然而，同一個人結婚，這件事同戀愛還不一樣，一定要萬無一失——當然這不是說，戀愛應該胡來。但是在極度認真的戀愛中出現了問題，就必須面對它。我想，大家不想和別人結婚，一定是別人和我們有不相容的地方。而且，在十幾歲那樣一個年紀，戀愛本身就是一個笑話。那樣淺淡如雲、純真似水的「戀愛」，姑且算是戀愛的楔子吧。

　　看得出你是一個負責的男孩，你的不能決斷說明了這一點。我特別注意你提到的「討厭」兩個字，其實愛情裡就怕對於「恩情」的欠債還債，還有就是對於「討厭」的姑息遷就。這是自欺欺人和害人害己的做法，戀愛是兩個人之間最微妙的感覺，你的哪怕似有若無的不快都可以讓對方覺察到，何況「討厭」？這也是我考慮再三決定規勸您離開他的原因之一。

　　還有，不用那麼「苦惱」。我們信任愛情，但是……咳，別聽誰說沒有你她就活不下去，還有她真的痛不欲生的德行。即便在感情的沼澤地裡滾了一身爛泥，沖個澡，她又精神煥發啦。放心，都能活——如果有喝喝烈酒、秀秀眼淚的，就不錯了。放心地離開就是啦。

　　而且，在一個品行還可以的人的心裡，愛情怎麼可以玩弄呢？尤其是在人生初初綻開情竇的時候？那些個青青澀澀是那麼美好，那些大劑量的瓊瑤式快感，過去之後再也不會出現的、心的些微的顫慄，我們應當懂得咀嚼和享受才是，這樣才對得住彼此的傾情付出。正如帕斯那個聰明的老頭說的：每一次愛情都是聖餐。可生活中，每每大塊朵頤之後，大家都是抱怨。這實在是件大煞風景的事情。

　　在我曾經寫過的一個不為不是愛情的感情妥協的小說裡，我很尖銳地批評了那個男孩子。不過寫那個東西的時候，我剛剛18歲。十幾年過去，我發現，實在是應該讓這樣溫情、善良、念舊的男孩子果斷出發，去尋找真正的、能夠帶給自己一生幸福的愛情。譬如你。

　　別怕別人說你花心——你自己不花心就得了唄。

　　沒有什麼比安定、平和、煦風的生活更值得珍惜的了。我希望你把這個摺子完美演繹，更希望你懂得謝幕，遁入那人有些兒疲累、有些兒不怎麼風

情的懷中。驚雷般的生活不該是你的，而且那樣的傾情出演也未必能贏得更多掌聲。

讓我們面朝大海

（當面隅而坐，想到的全部是虛無或無奈（我也有過看人人都是一堆骷髏的灰色期）；可當憑海臨風，敞開的全部是希望和力量！這個世界多大、多美好呵，做個簡單、快樂、達觀而努力的人不好嗎？喏，我敢與天地日月同輝，是一種怎樣優質的心胸？我躑躅躊躇踱蹀無告，又是一種多麼頹敗的情致！）

簡墨：

你好！

......我很無奈。高中畢業以後，我就到了城市裡，做過傳菜生、傳銷業務員、保潔員......現在我這個學歷到哪裡可以能獨當一面？工作8年，感覺社會離我太遠。找工作不容易，特別是找一份好的工作更難！

感情方面也不太如意：社交圈子小，工作時間緊，27歲了，才遇到一個願意和我交往的人。現在的女友經濟不富裕，連個穩定的工作都沒有，只是自己掏錢出過幾本書。她勉強念了個專科，但無比熱愛文學，天天沒別點事，就知道寫寫寫，也是個懷才不遇的主兒。我們倆正租房住，市郊農民的房子，夏天一到蚊子多得能把人吃掉！你說這算什麼呀？這個年頭還這麼一心一意玩虛的，真叫我恨鐵不成鋼！

我真的真的很迷茫！

漸離

漸離：

你好！

回覆遲了，請原諒。

我十分理解你的心境。讓我們分析一下好嗎？來，第一個問題，先：「高中畢業」，是不可以的。而且「工作四年」，這就更讓人不能不有點責

備你:這個四年完全可以讀下一個本科了。我們知道,「想混進一堆白菜,首先就要把自己變成一棵白菜。」這句西方諺語是有些道理的——否則,便只能做成被別人掐拿的蒜瓣。當然,我們這樣分析,絕對與職業分工和人格平等那些問題無關,和菜品的高貴也沒什麼聯繫。感覺到「不容易」就對了,以一顆平常心去對待好啦。不「給」就等於放棄「取」的權利,沒有誰可以享受免費午餐,同時,每一餐每一檔都有相應的規格和價碼,不可踰越——而且所有人都必須持現金就餐,代幣券都不可以——生活就是這麼殘酷,不由分說。你得去適應規則,不能讓規則來就你。誰人也不是天天中樂透,夜夜挑選閒錢,哪個的成功也染著血汗。為什麼不去讀一個學位?或學一項技能?而今的途徑還少嗎?而且要追回,不要總是追悔——既然四年已經過去,犯不上為它去長吁短歎了。我也曾經為了糊塗的戀愛和膚淺的漂亮浪擲過許多白花花、青蔥蔥的華年,不過,你看而今,我不是在跑著喘著拚力著追回著它嗎?而且是越來越感覺到成功的快樂和活著的美麗。記得一點:任何的補救都是值得的,不必去爭早與遲。

第二點:是感情生活。第一,你沒有正面描述感情狀況,看來你的問題僅限於「沒有房子、工作」和「只是出了幾本書(你這不是嚴厲打擊我們一批人嗎?當著矬子說矮話嗎這不是。呵呵)」。這是身外的東西,我一向看輕它們的。你一定知道《麥琪的禮物》,我也記得十三歲時看過一個林青霞、秦漢擔綱的老電影,叫做《愛的小屋》——享受那些點滴的快樂,玩味那些瞬間的美麗,把艱澀和恩愛融合得那麼妥帖和和諧,唉,簡直讓人歆羨他們的赤貧了。空洞的愛情不是愛情,或許你們共同經歷的這一段最困苦的時光將為你們的愛情存單上投下一筆客觀的財富呢。況且,幸福是挺唯心的一件事。長大些你就明白了。

再者,不可以說女孩子「真叫我恨鐵不成鋼」哦,有點風度好不好?看來你的女友還是有特長的,去試試類似文案工作是不是可以呢?最不濟,像我這樣,爬格子吃一碗辛苦飯作為墊底也不至於窮通無路吧?而且你也可以以你的力量協助她——娶老婆不是娶一張長期飯票對不對?男人就要有個男人的樣子。彼此勉勵,共同成長,也是人生一大快事呢——想像像燕子銜泥一樣,把那些愛情之外的東西——才智、汗水、共同的體會、雙向的體貼......累積疊加起來,就是一座愛的百年華屋。

我常常有這樣的感受:當面隅而坐,想到的全部是虛無或無奈(我也有

過看人人都是一堆骷髏的灰色期）；可當憑海臨風，敞開的全部是希望和力量！這個世界多大、多美好呵，做個簡單、快樂、達觀而努力的人不好嗎？咭，我敢與天地日月同輝，是一種怎樣優質的心胸？我躑躅躊躇踱蹤無告，又是一種多麼頹敗的情致！覺得你的性格大概有點自閉，還有點自卑。有什麼呀？人人都是平等的，享有同樣的自由和權利，可以一樣地拼爭和努力。平和貞靜些，目光放遠些，走出門去，聽鳥兒鳴唱，看花兒開放，向著目標，一步一尺抵達理想......來，挽起手臂，讓我們學會面朝大海。

當理想成為飯碗

（咭，人生就是一缽歡笑與悲傷、希望和失望、現實與虛無、有情和忘情的「亂燉」，大雜燴，既沒有想像中的那麼好，也沒有想像中的那麼壞。而美麗的生存、詩意的生存，理想的生存，是不能夠被「飯碗」所圈養的——它天馬行空，毫無羈絆，是一個豐盈獨立的世界。我們可以積累——今天正在做的一切都叫「累積」。）

簡墨：

你好！

......生活的壓力快把我拖垮啦：我今年已經33歲了，做過不少職業，跑市場的業務員、做化妝品的推銷員，做跑廣告的記者，為一家大型企業做過文秘，也給一家刊物的廣告公司做過文案......可是，雖然整天忙活，但我賺不了多少錢，老婆也對我不滿意。更重要的是，我一點都感覺不到成就感，覺得想要的生活無法要到，自己就是一架機器，機械地、麻木地運轉，還就是無法停下來......小時候的、往日的那些雄心壯志都成了泡影。難道我的一生都要這樣碌碌無為地度過？眼看別人都有了自己的事業，心裡真急呀！我曾夢想自己開公司，可現在看來遙不可及......

無名氏

無名氏：

你好！

呵呵，你居然還記掛著「理想」這回事？現實還沒有附耳過來，對你吐

露真言嗎？在成人的辭典裡，壓根沒有「理想」這詞兒，只有「活著」。

更好地活著，還是更壞地活著？這是個問題。更好地活就是接近理想地活——最好也只是最大化地接近理想罷了，最不濟，也不過是賴活著——更壞地活總還是活。

我們的理想曾經多麼地美麗、輝煌！它太陽一樣，照耀著18歲的天空，使年輕的血液像大河一樣流淌，讓那些時光像花兒一樣怒放……我們都要做太空人，做科學家，我們都要去做我們當時知道的最傑出的那一個，我們都要做小小心田裡最崇拜的、名標青史的大人物……可是當年我的那位心心念念想做達文西的同學，現在做成了一名專門畫犯人畫像的鑑識警官。現實就是這樣，常抽冷子給你當頭一棒，斷了你的念想兒，弄得你一點脾氣都沒有。就這樣，我們曾經無比華麗的理想，到底還是被我們自己親手，一根根拔光，禿得醜得沒法看了。

或者說，當時是當頭一棒。時間是施我們以溫柔而責我們以嚴格的母親，親愛的她打我們一下，總是不忘再向嘴中塞顆糖——我們總會甦醒過來，面對現實，繼續活著。沒有多少人熱愛自己的職業，至少在化身飯碗之後，職業往往羼雜進些許無奈。但大家還是趣味盎然地活著，從「飯碗」那份無奈裡伸出絲絲擁抱陽光的綠意。說不定到年齡該離開職業時，我們還百般地捨不得呢。唔，人生就是一缽歡笑與悲傷、希望和失望、現實與虛無、有情和忘情的「亂燉」，大雜燴，既沒有想像中的那麼好，也沒有想像中的那麼壞。

而美麗的生存、詩意的生存，理想的生存，是不能夠被「飯碗」所圈養的——它天馬行空，毫無羈絆，是一個豐盈獨立的世界。我們可以積累——今天正在做的一切都叫「累積」。很多人不善於做職業生涯規劃，其實，這應當是現代人最基本的生存條件：縱向地和自己比，而不是橫向地和別人比，從而在立足「飯碗」、不斷積累的基礎上，將理想分解成一個個小小的目標，一步步實現自己的目標。這個過程像條繩子，段段相繫，並且繫得結實，緣繩而上，我們就接近了自己的理想。即使實現不了理想，至少品相不會太難看——個人，他對自己有足夠清醒的認識，對自己要走的路有足夠的細分，有足夠的耐心和氣力，那麼，他不值得別人尊重嗎？多遠的目的地不能到達呢？唉，過了30歲，努力留住一份看雲的閒情、猶熱的肝膽，也就罷了——惜取眼前福，做好眼前事，什麼理想不理想，隨他去。

跋一 提劍在手的古典女子

於明詮

和簡墨認識應該緣起很久以前，那時她才十八、九歲，字寫得嫻雅漂亮。開書協會時，她總坐在很遠的角落裡，並不多話，很靜的樣子。

簡墨的多才多藝和靈秀早慧是我早就知道的。她的父親是我的長輩，也是我的朋友，因此，從某種意義上說，我也算是看著她長大的。從一點歲數（14歲），她就已經在當時的大報，（如人民日報）、大刊物（如《詩刊》）上發表散文和詩歌了，20多歲就出書、辦書展，憑藉不凡的實力入了山東省書協、省作協和中國散文學會。那時，還覺得這個孩子有點憂鬱似的。也許是由於她的善感吧？反正，那時雖然交往不多，但可以感覺得到，簡墨是個很有些個性和特點的女孩子。

後來，一個偶然的機會聊起來，原來她也喜歡京劇，尤其是程派，對新文人畫也很有見地，加上談論書法等本行，對她的瞭解也就更多了。瞭解到在她優雅秀氣的外表下，也有很幽默、波俏、孩子氣的一方面，像極一古典女子提劍在手的感覺，又慧黠，又驚豔。這在她的文字上也有所體現。

這是一本很有意趣的書。當我從郵件裡接到簡墨初定的文稿時，我就在感歎並馬上發給她簡訊：這該是怎樣剔透、柔軟的女兒心，才釀出了這般峭拔、清潔的文字？

你看她不動聲色地道暗戀，熱甜辣鮮地說濃情，低眉瀯洄地論生活，雲淡風輕地描人生……無不妥帖精當。它似乎與傳統的儒家、道家和佛教都有點關係，卻又無法以其中任何一種定位。它不像宗教那般淒厲、緊張，卻同樣可以參透人生。更重要的，它洋溢著心靈的快樂和人文的思索。簡墨所敘說的是這繁雜的萬千世界倒映在人心中的模糊鏡像，似有也似無，而這些生命遊走在時光裡的心情，如同這些月光碎影的每一分晃動，都是你我心裡的漣漪，是人所道不出的。我覺得讓人回味的正是這樣一些心緒、氛圍，那種細微之情的體味。沒有安寧、乾淨的心地怎能寫出這樣出離美麗的文字？我覺得，簡墨的文筆日趨成熟、老道，亦濃亦淡，再小的事物也能寫出境界，這是不容易做到的。詞彙可以仿照，句子也可以模仿，唯獨文字的節

奏和韻律沒有辦法教，也無法學。那是一種語言的天分，也是心靈的反映。我想，我得找專門的時間，去安靜地反芻這些文字。

總之，祝願簡墨的才氣正如我曾經題贈她的一副對聯一樣：「劍氣沖北斗，霞光映雲天」，祝願她在文學和書法的道路上越走越好。

（本文作者為當代著名書法家）

跋二 人生是一封漫長的信

王川

　　曾經有一位作家對我說過，寫作就像是對一個或者很多遠方的認識和不認識的人寫的一封漫長的書信，它是心靈和生命的傾訴，往往會持續一生。

　　簡墨是一個喜歡「寫信」、也善於「寫信」的人。

　　簡墨的信是寫給「所有曾經一起歌哭的朋友們」的，是彼此信任、彼此鼓勵、彼此惦念、彼此溫暖、彼此相攜走過人生一段心路歷程的美麗見證；是在孤獨中尋找愛與理解，在脆弱中尋找希望與支撐，在痛苦中尋找歡欣與慰藉的珍貴紀念。

　　人類永遠都需要溫暖，需要愛，哪怕時光匆遽，紅顏易老，哪怕相知一刻，別後陌生。只要那筆還在，那溫柔的眼神還在，那彼此的呼喚和愛還在，我們就不會感到孤獨與寂寞。

　　很多年前，詩人舒婷寫道：「需要一個肩膀/靠上疲倦的頭/需要一隻手/支撐沉重的時刻」。在那麼多需要她的朋友面前，簡墨用自己的真誠、善意向他們提供了自己的肩膀、自己的手臂——儘管那個肩膀或許同樣柔弱，儘管那隻手真的不能負載千鈞。

　　坦誠的交流永遠源自真率的心靈。「自覺覺他」，從來都是視人間的心靈為一體，在悲憫別人的同時悲憫著自己，在自我省思的同時又警醒著別人。因此，彼此互通著的心靈才能成其博大，彼此關愛著的情感才會有力、動人。傾聽引動了簡墨的傾訴，傾訴同時也完成了她的傾聽。在傾聽當中，她是慷慨的；在訴說之時，她是無私的。這種文字的交會與互動，實現了一次人間真情的「言說」。對於作者而言，心願的實現也許是微薄的，因為生活還在繼續，生命還在行走；因為我們還在經歷著憂鬱、哀傷、疑惑與痛苦，還在經歷著誤解、傷害、無助與虛弱，然而，只要有過一次溫柔的凝視，我們的依靠和需要就不再單薄與貧瘠。

　　我相信簡墨不是一個孤獨者，儘管她說「寫作與閱讀都是一個人」，儘管與她相握的手之間隔著茫茫時空。然而，愛情、生命、事業，永遠是人生

不盡的追求，在別人磕磕絆絆的時候，她總能聽到那一聲聲急切的呼喚，並隨時用帶著體溫的語句搭以援手，撫慰遠方那一顆顆陌生且瑟縮著的心。這需要多大的勇氣。關鍵是要有充沛的情感和體力，還要在勇於面對別人的同時，不斷地逼視和反問自己。她會孤獨嗎？不，我怕她「孤獨」的心中充滿著喧囂，因此，總想在她的文字中看到些許急迫，些許焦慮，些許倦怠，些許無可奈何，但是，我體味到的更多的依然是一種從容和淡定，一種清麗和優雅，一種內斂和關切，一種安適與溫柔，像微拂的清風，像無塵的月色，像一脈舒緩的流水，像幾縷浮動的暗香……凡所能親近者，自然會感到由衷的親切，體悟到一刻放鬆和開闊的心境，也許還會在這難得的文字當中，安靜地想想今生甚至來世的許多事情。

我相信，簡墨還會繼續寫她的信，即使孤獨在她的內心，她文字的枝葉還會不斷地向世界展放，讓更多人享受清涼的綠蔭；同時，在歲月的成長中永駐她的美麗。

（作者為《聯合日報》副總編）

愛的光芒

作者：簡墨

發行人：黃振庭

出版者 ：崧博出版事業有限公司

發行者 ：崧燁文化事業有限公司

E-mail：sonbookservice@gmail.com

粉絲頁 [QR code]　　網址:http://sonbook.net

地址：台北市中正區重慶南路一段六十一號八樓 815 室

8F.-815, No.61, Sec. 1, Chongqing S. Rd., Zhongzheng Dist., Taipei City 100, Taiwan (R.O.C.)

電　話：(02)2370-3310 傳　真：(02) 2370-3210

總經銷：紅螞蟻圖書有限公司

地址：台北市內湖區舊宗路二段 121 巷 19 號

電話:02-2795-3656　傳真:02-2795-4100　網址：[QR code]

印　刷 ：京峯彩色印刷有限公司（京峰數位）

定價：250 元

發行日期：2018 年 5 月第一版